異世界で傭兵になった俺ですが

CHARACTER
登場人物紹介

エルン

獣人であり、
傭兵団『エタナ・クラン』の団長。
愛想はよくないが優秀な人物。
傭兵団を率いているのには
ある目的があって……!?

マヒロ

異世界にトリップしてしまった劇団員。
現実世界での鬱々としていた気分が晴れ、
傭兵団の生活をそれなりに楽しんでいる。

アルマス
マヒロの行きつけの
酒場のマスター。
折々にマヒロを助けてくれる。
ユーリャナ
美形で色白の
傭兵団の癒し系。
見た目に反して
戦い方は卑劣。
ライノ
傭兵団のNO.2。
体格が大きく無骨。
エルンのことを嫌っている。
テッポ
小柄な傭兵団の一員。
気さくで親しみやすい。

目次

異世界で傭兵になった俺ですが

プロローグ

どうか、あの車にドライブレコーダーがついていますように。

おれをはねた、あの車に。


ねばつく泥水に沈んでいくような感覚の中、島崎《しまざき》真洋《まひろ》は祈りを捧げた。

自分が悪かったのだ。赤信号を無視して、自転車で丁字路をおかしな具合に突っ切った。

実際には突っ切る途中で自動車とぶつかった。配達のアルバイト中だった。


ドライバーさん、すみません。おれが悪かったのに。あんなのよけられるわけがない。


上も下もわからない。目を閉じていても感じる、広大な闇。

ここに〝落ちて〟からずっと、ノイズのような音が聞こえていた。耳を手でふさいだときの、あんな音だ。それももう遠ざかり、静寂が取って代わろうとしている。

寒くもないし、痛くもない。空腹でもないし、疲労も感じない。

なんだかよくわからないけれど、これからすごく遠い場所に行く気がする。

たぶん、一度行ったら二度と戻ってこられないような、遠い遠い、どこか――……


――突然、息が苦しくなった。

肺が燃えるように熱い。それまで呼吸をしていた自覚もなかった真洋は、本能的に口を開けて酸素を求めた。けれど流れこんできたのは別のものだった。冷たい――おそらく、水だ。

パニックになった。ここはさっきまでいた空間じゃない。

無我夢中でもがく。両手両足をばたつかせても、泡まじりの水がむなしく指の間をすりぬけていくだけで、手ごたえはない。


なんで？　車は？　事故は？


ぐるぐる、ぐるぐる。身体がめちゃくちゃに回転している気がする。

四肢から力が抜け、肺に残っていた最後の空気が、小さな泡となって口から出ていった。

なんでだよ、とだれにともなく愚痴りたくなる。


話が違わない？

第一章

「おーい、マヒロ！」

井戸で手足を洗っていたマヒロを、親方が呼んだ。

真っ黒に日焼けした筋骨隆々《きんこつりゅうりゅう》の男だ。右も左もわからないマヒロを組に入れ、大工仕事から土木作業まで、いろはを仕込んでくれた恩人でもある。

布でざっと水気を拭い、マヒロは親方に向き直った。

「はい」

「今日までのぶんだ。がんばってくれたな、お疲れさん」

ごつごつした手が、小さな布袋を差し出す。受け取ったマヒロの手の中で、中身がチャリ、と音を立てた。

「ありがとうございます。お世話になりました」

「また仕事をするときは声かけるよ。これからどこに住むつもりだ？　この村か？」

マヒロはあたりを見回した。ここは小さな村の中心部にある、共同の水場だ。間もなく日が暮れはじめるころ、一日の仕事を終えた村民たちが憩いの時間を過ごしている。

マヒロは親方に顔を戻し、うなずいた。

「当面は」

「そうか。長く離れるときは、酒場にでも伝言しておいてくれよな」

「親方は、家に帰るんですよね？」

四角い顎をなでながら、親方は「五カ月ぶりにな」とにんまりする。

「おかみさんとお子さんたちに、よろしく伝えてください」

「チビどもが川でお前を見つけたときは、たまげたよなあ」

「命の恩人です」

こんな言葉を、芝居の台詞以外で口にする日が来るとは。それも、心から。

「困ったらいつでも訪ねて来いよ」

そう言い残すと、親方は旅荷物を担いで街道のほうへ歩いていった。日が沈む前に、隣の大きな町まで行くのだそうだ。彼の家はここから山をひとつ越えた先にある。

そこは半年前、瀕死のマヒロが流れ着いた場所でもあった。


「川に落ちる前の記憶は、相変わらず戻らないのかい？」

夕食をとりに来た酒場で、マスターがカウンター越しに尋ねる。

小さな丸太小屋は村の男たちで埋め尽くされ、にぎやかだ。この村に来てから、マヒロはここで食事をするのが習慣になっている。

えーと、とマヒロは言葉を探した。

「そうですね、全部は」

「まだ不安もあるでしょ。親方さんの家に厄介になったっていいと思うけれど」

「どのみち、自活していく方法を探さないといけないし」

「まじめな子に、おまけだよ」

マスターはにこっと微笑み、蒸した魚をマヒロの皿にのせた。フォークで身をつつくと、ほろほろと崩れるほど柔らかい。塩とスパイスのほかに、ハーブの香りもする。うまい。

大きな丸い木の皿には魚のほかに、焼いた鶏の肉、茹でたじゃがいも、レタスに似たみずみずしい葉物野菜が載っている。マヒロが普段食べていたもの――つまり、二十一世紀の東京で口にしていたもの――と、基本的にはそう変わらない。調理法や味つけがとことんシンプルで、素材の味が濃いくらいだ。

ちなみに記憶は失っていない。

失ったふりをしたわけでもない。川べりに打ちあげられていたところを親方のふたりの娘が見つけ、おかみさんの介抱で意識を取り戻したとき、

『どこから来たの？』

『……さあ……』

『なにがあったの？』

『……さあ……？』

としか答えられず、『これは記憶を失っている』ということになったのだ。

『きっと上流の滝から落ちたのね、かわいそうに。あそこは旅人が橋を渡ろうとして、よく足をすべらせるのよ』

もうそういうことにしておこう、と思った。

『名前は？　思い出せる？』

仰向けに寝ているマヒロを、おかみさんのふっくらした顔が見おろす。石の天井がその背後に見えている。〝この世界〟でマヒロが見た、覚えているかぎり最初の景色だ。

『……マヒロ』

『珍しい響きの名前だわ。やっぱり遠くから来たのね』

子どもにするように、彼女はトントンとマヒロの胸を優しく叩く。

『起きあがれるようになるまで、ここでゆっくりするといいわ、マヒロ』

安心したのか、気力と体力の限界が来たのか、ここで再び意識が途切れた。

それが〝初日〟の記憶だ。


「お酒、おかわりは？」

想い出に浸っていたところを、マスターの声に引き戻され、はっとした。

木製のカップを傾けて中を確かめる。ふた口ほど麦酒が残っている。ものすごく粗い、ハーブ風味のビールといった味だ。これまで出会った酒はこれと葡萄酒だけで、どちらも常温で飲む。

もう少し飲みたいけれど、腹もいっぱいになってきた。

そんな迷いを感じ取ったかのように、マスターが目くばせをする。

「ちょっと珍しいお酒があるよ。酒癖の悪くないお客さんにだけ、特別にね」

「強いの？」

「そこそこ」

「じゃあ、それを」

「マヒロは、わりといける口だよね」

「昔から、数少ない取り柄のひとつだって言われてて」

「そういう記憶はあるんだ？」

たまにこういう失敗もやらかす。

「なんの役にも立たないんだけどね」

そう肩をすくめてごまかし、カップに残った麦酒を飲み干した。

親方の家で目覚めてから、三日間はほぼ寝たきりだった。急流を流されたせいで、身体のあちこちを痛めていたのだ。寝台から家の中の様子を観察するうちに、状況が飲みこめてきた。

どうやらこれは、夢じゃない。夢だとしても、覚める気配がない。だったらここで生きていくしかない。ひとまずそう決めた。

そうなると、次に気になるのは、ここはどこなのか、だ。

暇に飽かしていくつかの可能性を考えた。

その一、どこか遠いところに来てしまった可能性。どうやったのかは置いておくとして、とにかく知らないうちに遠距離を移動した可能性だ。ただ、どう見ても日本《にほん》ではなさそうなのに、言葉が通じているのが不可解ではある。

その二、タイムスリップした可能性。場所はそのまま、時代だけ移動した可能性だ。見たところ電気も上水道もない。過去かもしれないし、文明が一度滅びたあとの未来かもしれない。

その三、トリップもしくは転生した可能性。いわゆる〝異世界〟に来てしまった可能性だ。

四日目に、親方に支えられてはじめて家の外へ出たとき、『三』がもっとも近いことを知った。

『また来やがったな、シッシッ！』

戸口を出るなり、親方が足でなにかを追い払った。放し飼いにしている鶏を狙って、野生動物が白昼堂々《はくちゅうどうどう》やってきていたのだ。

中型犬くらいのサイズのトカゲ……いや、恐竜だった。凹凸のある皮膚に長い尾、筋肉質な身体、コウモリに似た小さな翼まである。翼竜といったほうが正確かもしれない。親方の出現に、翼をばたつかせながら後足で走って逃げていく。

鶏たちもどことなく、マヒロの知っているものとは形状が違う。

ここは地球じゃない。

少なくとも自分の知っている地球ではない。たとえばパラレルワールドのひとつとか、そういう場所なのかもしれない。空には見慣れた大きさの太陽があるし、人間は人間の形をしている。

『マジかあ……』

思わずつぶやいた。

「はい。これも麦のお酒なんだけどね、とりあえず飲んでみて」

陶器の瓶から、マスターが透き通った赤茶色の液体をカップに注いだ。マヒロはカップを揺らし、液体をくるくる回してからぐびっと飲んでみる。むせた。

ウイスキーだ。とんでもなく強いが、おいしい。

(蒸留酒は、まだ普及してないんだな)

ここが異世界――おそらく――とわかると、気が楽になった。今までのぱっとしない人生は、なかったことになったのだ。

だれも自分を知らない場所に行きたい。だれしも一度はそんな願いを抱くものじゃないか？　ある意味、それが叶ったわけだ。

親方は大工の棟梁のような仕事をしている人だった。建物を建てたり、橋を架けたり、下水道を掘るような土木工事もする。必要なときに必要なだけ仲間を集め、仕事のある地域を渡り歩き、ある程度稼いだら家に戻って、少し休んでまた仕事に出る。

マヒロはその仲間に入れてもらい、仕事を覚えながら一緒に旅をした。今いる村の仕事が一番大きかった。村を囲む川の三か所に頑丈な橋をかけたのだ。二カ月あまり滞在するうち、酒場のマスターをはじめ、ほとんどの村人と顔見知りになった。

けれどその仕事ももう終わって、組は解散だ。

マヒロは新しい仕事を見つけたいと考えていた。

「なにか仕事の口、ないかなあ？」

蒸留酒をなめながら、カウンターの向こうに尋ねた。

かまどの上の鍋をかき混ぜながら、マスターが振り返る。一本に結った長い髪が揺れた。銀色に近い金髪だ。眉とまつげも同じ色で、決して小柄ではないマヒロが見あげるほどの長身だ。

絵みたいな美形だなあ、とはじめて会ったとき感心した。

自分にもこの容姿があれば、舞台で主役を張れる役者になれていたかもしれない。いや、インパクトがありすぎて、逆にバイプレイヤー専門になっていた気もする。

「そうだなあ、ちょっと荒っぽい仕事でもいいなら」

「荒っぽい？」

淡い色の瞳が、愉快そうにきらめいた。

「隣の街で、傭兵団が団員を募集してるって」


一週間後、マヒロは大きな街のはずれにある草地に出向いていた。

そこが傭兵団の本拠地とのことだった。見た感じは本拠地というより、野営地だ。布のテントが点々と張られており、奥のほうに石造りの四角い建物が見える。地面のあちこちにある焚き火は、今は熾火がくすぶっている。

しんとしていて、ひと気はない。

草地の片隅に、四方を布で囲われたスペースがあり、マヒロは今、そこにいる。案内役の小柄な男に、「呼びに来るまで座ってて」と言われたからそうしているけれど、かれこれ二時間はたっているんじゃないだろうか。

傭兵団の採用試験を受けに来たはずなんだけどな？

申し訳程度に敷布が用意されているとはいえ、硬い地面に座っているのもつらくなってきた。

一緒に案内されてきたふたりの男は、しびれを切らして出ていった。彼らがどうなったのか気になりつつも、呼びに来ると言ったからには来るんだろうと信じて、じっと待つ。

『真洋はそういうところあるよなー』

かつてよく聞いた言葉だ。

『言われたことだけやってたって未来ないじゃん。どんな役者になりたいわけ？』

どんな……。どんなかなあ……

マヒロは舞台役者だった。演劇好きならたいていは知っている中堅の劇団に所属していて、出演すれば数通のファンレターが届くくらいにはファンもいた。

だが毎公演、役がもらえるわけではなく、アルバイトをしないと食べていけない。費やした時間の比重でいえば、アルバイトのほうが本業といえるかもしれない。

（なんでおれ、役者やってたんだろう）

観劇好きの母親が、小学生だったマヒロを劇団に入れた。大人の言うことをよく聞き、本番でもあがらない子役は重宝された。そのころは楽しくてやっていた。

成長するほどに希少価値は薄れ、実力と人気がものを言う世界で自分の存在意義に悩むようになった。どんな役もそつなくこなすが印象に残らない。そう評価されたし、自分でも思う。

凡庸な役者は、ぶつかる壁すら凡庸だ。そこを越えられず、辞めどきもわからないまま二十七歳になっていた。

「……おい」

温かい手に肩を揺さぶられる。

「起きなよ。あんた、合格だよ」

はっと頭を起こして、座ったまま眠っていたことに気づいた。案内役の小柄な男が、まだ半分寝ているマヒロを見て苦笑する。

「こっちだ」

男は手をひと振りしてついてくるよう伝えると、垂れ布をまくりあげて外へ出た。

あたりは様変わりしていた。空は藍色に暮れ、焚き火が息を吹き返し、囲んで座る男たちの顔をオレンジ色に染めている。彼らは好奇の目でマヒロを見つめた。

どこにこんなに人が潜んでいたのか。さっきは気配もなかったのに。

石造りの建物のそばに、かがり火が焚かれている。小柄な男はマヒロをそこへ案内した。

「団長、連れてきたよ」

男が暗がりに向かって声をかけた。炎の影がつくる闇の中に、ふたつの金色の光がきらめいた。

光がそろってぱちっと瞬く。一対の瞳だと気づいたのは、一瞬あとだった。

瞳の持ち主が、灯りの中に進み出る。

マヒロは呆然と立ち尽くして、その人物を見つめた。まとっている空気が、ほかの人間とあまりに違ったからだ。

背丈はマヒロより少し低い。闇に溶けこんでしまいそうな褐色の肌に、漆黒の髪。衣服からのぞくほっそりした手足は無駄のない筋肉に覆われ、わずかな動作からも人並外れた身体能力を持っていることがうかがえる。

身体の芯がぞくっと震えるのを感じた。

吊りあがりぎみの大きな瞳がマヒロを捉えた。両目の下に、涙の跡のような黒い線がある。タトゥーなのか顔料で描いたのか、マヒロには判別がつかなかった。

炎の揺れに合わせて瞳が光る。まるで奥に反射板が仕込んであるみたいだ。

「新入りか」

彼が口を開いた。

想像していたより低く落ち着いた、男の声だったので、マヒロは虚を突かれた気がした。じゃあどういう声を想像していたのかと言われると、わからないのだが。

「あっ……はい。マヒロです。よろしくお願いします」

「エルンだ。いつ合流できる？」

一瞬、握手をする流れかと思った。けれどエルンは両手を身体の脇に垂らしたまま、差し出す様子もない。マヒロも出しかけた手を引っこめた。

すごい人だな、とあらためて感じる。ただ立っているだけのように見えるのに、全身の神経が目覚めていて、いつでも動けるように備えているのがわかる。マヒロが怪しげな動きをしたら、一瞬で取り押さえられるに違いない。

煌々と光る瞳にじっと見られていることに気づき、マヒロは急いで答えた。

「ええと、荷物が宿に。明日の朝、また来ます」

「テッポを探せ」

そう言い残すと、エルンはすっと身をひるがえし、闇の中に消えた。

足音どころか、衣擦れも聞こえなかった。

あれが、この傭兵団の団長。

知らず知らずのうちに詰めていた息を、ふうっと吐いた。


宿屋に戻ってからも、マヒロの心はざわついていた。

小さな寝台があるだけの狭い部屋で、革のブーツを脱ぐと、ようやく人心地がつく。朝早く村を出て、三時間ほど歩いてこの街に着いた。整備された安全な街道だったとはいえ、一切合切の荷物を背負ってクッション性ゼロの靴で歩くのは、くたびれる。

(みんな平気で丸一日歩いて移動してるよな)

なにかコツでもあるんだろうか。

固い寝台に仰向けになり、考えるともなく、そんなことに思いを馳せた。

枕元の柱でランプの火が燃えている。室内は家具や壁の位置がぼんやりわかるくらいの明るさしかない。夜は暗いというあたり前のことを、この世界に来てから実感した。

顔の上に手のひらをかざしてみる。

おそらく自分は〝トリップ〟したわけではないとマヒロは考えるようになっていた。たぶんこの身体は、この世界で生まれ、生きていただれかのものだ。現代の日本でマヒロが使っていた肉体とそっくりだけれど、微妙に違う。

子どものころについた傷がなかったり、逆に覚えのない傷痕があったり、ほくろの位置が違ったりする。筋肉のつきかたも、関節の柔らかさも違う。仕事柄、身体を鍛え、柔軟に保ってきたが、この肉体はそれを超えて強靭で柔らかい。

どうしてその肉体にマヒロの魂というか、精神が入り込むことになったのかは知りようがない。もしかしたら入れ替わりに、向こうの身体にこっちで育っただれかの魂が入ったのかもしれない。

（だったら大変だ……）

適応するのに並々ならぬ苦労をするだろう。ごめんなさい、と心の中で謝った。自分のほうが得をしている気がしたからだ。

とりあえず、新しい仕事が決まってよかった。

どの世界にいようと、収入のあてがあるというのは安心だ。マヒロは睡魔が忍び寄ってくるのを感じながら、心地よい疲れに身を任せて目を閉じた。

まぶたの裏によみがえってきたのは、あの金色の双眸だ。暗闇に光る瞳。

（猫かよ……）

身のこなしもどこか猫に似ていた。しなやかな肢体と、そこにいるのにいないようなミステリアスな雰囲気。物静かでありながら、強烈な存在感がある。

引きずりこまれるように夢の世界に浸かっていく。眠りに落ちる寸前、明日の朝にやるべきことをシミュレートしようとして、気がついた。

……〝テッポ〟ってなに？


「オレのことだよ。オレがテッポ」

翌朝、マヒロは再び傭兵団の拠点を訪れ、「〝テッポ〟を探してるんですが」と手近な人物に話しかけた。偶然にもその相手が〝テッポ〟だった。

試験のとき案内役をしていた、あの小柄な男だ。

（人の名前だったのか……）

焚き火で湯を沸かしている最中だったテッポは、煩わしそうなそぶりを少しも見せずにぴょんと立ちあがり、右手を差し出す。

「よろしくな、マヒロ」

マヒロは握り返した。

「よろしくお願いします」

「そんなかしこまるなって。ここじゃみんな対等だ」

日焼けした肌に金茶の髪。子ザルのような印象を与える、かわいらしいハンサムといった顔立ちで、にこやかな表情は親しみやすい。マヒロはほっとした。彼を探せと言われたからには、彼がこれからのことを教えてくれるんだろう。

近くに水源があるのか、広場には朝もやがたちこめている。足元の草はしっとり濡れて、男たちがそれを踏みしだきながらひとり、またひとりとテントから現れ、一日の支度を始める。けだるげながらもどことなく緊張感が漂っており、マヒロは唾を飲みこんだ。

テッポが広場の中央に向かって歩き出す。

「ざっと団員を紹介するよ。今は、えーと……三十人くらいかな、いるはず。働きに出てるのもいるから、ここにいるのは二十五人くらい」

「個人の仕事もしていいんですか？」

うっかりかしこまってしまい、「していいんだ？」と言い直す。テッポは満足そうに笑った。

「もちろん。それがオレたちの本業なんだから。こうして団を構成してるのは、そのほうが生活が楽だからだ。あと、集団で募集してる仕事にも受かりやすい」

「なるほど」

「お前も好きに仕事しなよ。ただし収入の一部は団に納める。そこから全員の生活費が出る」

説明しながらテッポは、「トニ」「あっちがイェレ」とそこここにいる団員を指さす。「べつに覚えなくていいよ」と言われて、マヒロは胸をなで下ろした。

男たちは見た感じ二十代から三十代で、肌や髪の色はさまざまながら、全員が屈強だ。ひときわ体格の小さいテッポですら、動くたびに衣服の下の筋肉が布を押しあげているのが見てとれる。

大工の親方の仲間たちも力自慢ばかりだったが、こっちは迫力が違うな、とマヒロは思った。なんというか全員、それぞれに凄みがある。

完全に気圧され、ますます顔と名前を覚えるどころじゃなくなったとき、たらいの水で顔を洗っている男を見つけ、テッポが飛び跳ねるように駆け寄った。

「ユーリャ！　戻ってたんだな」

マヒロは驚いた。ユーリャと呼ばれた男は、とてもこの荒くれの一味に見えなかったからだ。たくしあげた袖から出ている腕は真っ白でなめらか。淡い茶色の巻き毛は背中のあたりでゆるくまとめられ、つややかな毛先が脇腹のほうへ流れ落ちている。

彼はテッポの声に手を止め、濡れた顔を上げた。

「久しぶり、テッポ。元気だった？」

見とれてしまうような美しい微笑みだった。顔だけなら女性と言われても信じる。けれど、たおやかな仕草で立ちあがった彼は、やはり男だった。

（でっか……）

マヒロより頭半分大きい。彼は頭を振って水気を飛ばすと、マヒロに微笑みかけた。

「新しい人かな？」

「マヒロといいます。よろしく」

「こちらこそよろしく。ぼくはユーリャナ。ユーリャでいいよ」

「仕事はどうだったよ、おい？」

テッポに肘で小突かれて、ユーリャナはふふっと笑った。ふたりが並ぶと、大人と子どもくらい背丈が違う。

「楽だったよ。相手側にぼくを知ってる傭兵がいたから」

「あー、なるほど」

ぽかんとしているマヒロに、テッポが両手を広げて説明を始めた。

「北のほうで、金持ち同士が長年小競りあいをしててさ、どっちも金があるから、ちょっとした戦争みたいになってんの。ユーリャはその片方に雇われたんだ。ひと月くらい行ってたっけ？」

「そうだね。あーあ、条件はよかったんだけど、退屈だった」

残念そうに、ユーリャナが濡れた巻き毛を指先でほぐす。

「顔が売れてるのも、いいことばっかじゃないよな。あ、この人、見た目は優しいけど、戦いかためちゃくちゃエグいから。卑劣な手も平気で使うし、なんなら毒も盛るからね」

ええ……

信じがたい気持ちで、マヒロはユーリャナを見あげた。美しい微笑が返ってくる。

「全力を尽くす主義なんだよ」

「あの、退屈っていうのは……？」

「敵側にユーリャを知ってる奴がいたって言ったろ。勝ち目がないと判断して、戦闘を回避されたんだよ。無駄に戦ったところで消耗するだけだし」

「そう。ぼくの班だけ、することがなくなっちゃった」

「戻ってきたってことは、その小競りあいは終わったんですか？」

「いいや、続いてるよ。もうあれ、趣味なんじゃないかな？」

「戻ってきちゃっていいんですか……？」

雇い主が彼を手放すわけはないだろう。雇っておくだけで不戦勝できる傭兵なんて、最高の存在じゃないか。金があるなら、なおさら。

ユーリャナは、「だって契約期間が終わったから」とけろっとしている。

「報酬を上げるから延長したいって言われたんだけどね」

「断ったんですか」

「戦えないなら、意味ないじゃない？」

「はあ……」

そういうものなのか。

「だよなー、べつに勝って稼ぎたいわけじゃないしな。戦って稼ぎたいんだよ」

「そうそう」

よくわからなかったが、これが傭兵というものなんだろう、とマヒロは自分を納得させた。ふたりはとくに戦闘狂に見えるわけでもない。だからこそなんだか恐ろしい。

「きみはどんな戦いかたが得意なの、マヒロ？」

「あ、それ聞いとかないとな。その感じだと、あんま慣れてないのか？」

「あ……ええと」

場違いさを感じつつ、正直に答える。

「おれ、じつは傭兵の仕事、はじめてで」

「あ、そうなの？　今までなにして食ってたんだ？」

「土建の見習いみたいなことをしてた。その間に副業で用心棒をしたりはしたんだけど、盗賊が来ないように荷馬車を見張ったりとか、そのくらいで」

「なるほど。実戦の経験はないんだね」

「それでも雇ってもらえるのか、採用の面接のときに聞こうと思ってたんだ。でも……」

「面接なんてなかったでしょ？」

そうなのだ、なかった。ただ待っていただけで合格してしまった。

「ほんとにおれでいいのかな？　そもそも、どうして合格したのか……」

「問題ない。お前は合格だ」

ふいに、声が割りこんできた。

（この声は……）

マヒロはきょろきょろと首をめぐらせ、声の主を探す。

くすくす笑う気配を、頭上から感じた。見あげると、頭の少し上、大木の幹から張り出した枝の上にエルンがいた。

枝に引っかかった洗濯物みたいに、だらんと腕を垂らして腹ばいに寝そべっている。実際そこで眠っていたらしく、半分ほどしか目が開いていない。

猫だ。

「エルン、そこにいたんだね。戻ったよ、ただいま」

「息災でなによりだ。儲かったか？」

「もちろん」

ユーリャナの返事に、エルンは満足そうに目を細める。そして身体をすべらせ、ずるっと枝から垂れ下がると、真っ逆さまにマヒロの目の前に落ちてきた。——と思ったら、空中で器用に身体を回転させ、二本の足ですとんと着地する。

（猫だな……）

唖然として見つめるマヒロの前をすたすたと通りすぎ、エルンはユーリャナが使っていたたらいのほうへ歩いていった。

「おはよ。言われたとおり、案内中だよ」

テッポが声をかけた。エルンは片手で水をすくって口をゆすぎ、草の上に吐き出す。

「ああ」

「なんか、団長に聞きたいことがあるんだってさ。なっ？」

えっ。

突然振られて、マヒロはうろたえた。エルンは腕で口元を拭いながら、マヒロの質問を待っている。その瞳は、昨夜見たときのように光ってはいないけれど、かなり明るい色をしており、周囲の光加減で瞳孔が開いたり閉じたりするのがはっきり見える。

テッポに足を蹴られ、マヒロははっと背筋を伸ばした。

「あの、おれが合格した理由を」

「不満なら無理に来なくていい」

「そ、そういうわけじゃなくて、その、合否の基準が気になって……」

「基準？」

わずかに首をかたむけ、エルンが眉を上げる。

「そんな、たいそうなものはない」

「でも……」

「命令を聞く脳ミソがあるかどうか。確かめたいのはそれだけだ」

そんなバカな。

「おれが、全然戦えなかったら？　ただの無駄飯食いになるかもしれないのに」

「そんな奴は、仕事に出せば自然と淘汰されるから、心配ない」

なるほど……

半分ほどは腑に落ちた気がする。

「オレらはさ、個人でやってるかぎりは、契約さえ守ればいいわけだから。『命令』に従う習慣がない奴って、案外多いんだよ」

テッポが丁寧に説明してくれたが、それにしたって雑すぎない？という疑問は消えない。口にするのは、さすがにはばかられるから、言わないが。

「ユーリャナ」とエルンが声をかけた。

「余ってる剣をくれ。軽めのを」

「了解」

ユーリャナは朝露に濡れた草の上を駆けていき、石造りの建物の中に消えると、すぐに両手に一本ずつ剣を持って出てきた。

「はい。どっちがいいかな」

少し離れたところから、投げてよこす。投げ渡した相手はエルンでなく、マヒロだ。

「え、おれ？」

慌てて受け止めて、ぎょっとした。

(重っ……)

取り落としそうになって、急いで体勢を整える。ユーリャナは片手で軽々放り投げたのに。

「こっちのほうが軽いけど、長さもあるからちょっと扱いづらいかも」

さらにもう一本が放られる。マヒロは受け止めてから両方をそっと地面に置き、一本ずつ鞘から抜いた。ぎらりと輝く鉄の刃が現れる。当然ながら、本物だ。

マヒロはエルンを見た。少し目が覚めてきたような表情で、エルンが見返してくる。

「自分がどの程度戦えるか、知りたいんだろう？」

手合わせして、レベルを見てもらえるってことか。

二本の剣を何度か持ち比べてみて、軽い——もう一本に比べれば——ほうを選んだ。劇団時代に殺陣の訓練を受けた経験がある。徒手の殺陣も練習したし、日本刀も洋刀も使った。もちろん模擬刀だったけれど。軽くて長い剣のほうが、そのとき使った剣に似ている。

マヒロの心が決まったのを見てとったのか、エルンがくいと顎を上げる。

「少し移動する」

誘導されたのは、エルンが寝ていた木の裏手だった。ぽっかりと、ほぼ円形に草が抜け、土の地面がむき出しになっている。マヒロは大相撲の土俵を思い浮かべた。

円の中に入ると、エルンはマヒロから三メートルほど距離を取って対峙した。

「いつでもいい。来い」

「えっ……」

さすがに面食らった。エルンは素手で、武器を身につけている様子はない。足元にいたっては裸足だ。マヒロは土俵の外で見守っているテッポたちに視線を向けた。

ふたりとも、足を組んだり腕を組んだり、ゆったりと見物の体勢だ。テッポが首をかしげた。

「あ、緊張してる？　大丈夫だよ、団長は仲間にけがさせたりしないから」

いや、そっちじゃなくて。

顔を正面に戻すと、そこには両手を身体の脇に垂らして立ち、見物人と同じくらいくつろいで見えるエルンがいる。

（やるっきゃないか……）

革の巻かれた柄を両手で握り、身体の正面に構えた。

エルンの様子は変わらない。深呼吸したくなる気持ちを抑え、マヒロは踏みこんだ。

予備動作は最小にしたつもりだった。振りかぶりもせず、最初の一歩を踏み出すときにやりがちな〝沈む〟動作も入れなかった。たいていの人間なら、この一撃めで戸惑うはず。予測したタイミングよりはるかに速く、相手が自分に到達するからだ。

たいていの人間なら……

金属同士がぶつかる音がした。エルンの首のつけ根を狙って振りおろした剣は、ぎりぎりのところで止められている。マヒロのひじのあたりまで、しびれが来た。

エルンは驚くべきことに、右手だけで剣を受け止めていた。

そんなバカな、とよくよく見て気づく。エルンの手の甲から指に沿って、鉤爪状に湾曲した金属が伸びている。先端は刃物のように鋭利だ。

(クローだ！)

これがエルンの武器か。まずい、まったく知識がない。

はっといやな予感がして、踏みこんでいた右足を引いた。一瞬速く、エルンの左手がマヒロの腿を水平に薙ぐ。速すぎて、刃を目で追えない。

(熱っつ！)

すさまじい摩擦熱が肌を焼いた。足をすっぱりやられた気がしたが、見ればズボンには傷ひとつついていない。爪の背中側を使ったらしい。刃の側を使われていたらどうなっていたか、考えるだけで冷や汗が出る。

呼吸を整える間もなく、剣がぐいと押し戻され、再び金属同士が噛みあう音が響いた。クローの爪と爪の間に剣が挟まれたのだ。エルンがくいっと手首を回転させるのが見えて、反射的にマヒロは剣から両手を離した。

剣が弾き飛ばされ、勢いよく回転しながら、テッポたちの頭の上を越えていく。

かたくなに剣を握りしめていたら、確実に手を痛めていた。下手したら腕も。エルンが体勢を低くし、満足そうに唇を舐める。

「勘がいいな」

マヒロはうしろに飛びのいた。本職の傭兵と生身の格闘なんてできるわけがない。初手が唯一のチャンスだとわかっていたからこそ、渾身の力で一撃必殺を狙ったのだ。武器がなくなった今、せめて距離を取らなかったら、即やられる。

が、もう遅かった。

気づいたときには地面の上に仰向けに倒され、のしかかるエルンの腕が喉仏を圧迫していた。手加減されているのはわかるが、それでも苦しい。

「はい、勝負あった！」

パン、とテッポが手を鳴らした。身体の上の重みがふっと消え、目の前に手が差し出される。そこにはもうクローはない。前腕を覆っている手甲のような防具に、なにか仕掛けがあるんだろう。

マヒロは深々と息を吐き、その手を取って立ちあがった。

手も足も出なかった。

（まあ、あたり前か……）

わかっていたこととはいえ、めげる。けれど、かけられた声は意外なものだった。

「わかったか？　お前の勘は悪くない」

「え？」

「自分に合う剣を見つけて練習しろ。もっと軽くて、おそらく片刃のほうがいい。テッポ、ユーリャナ、相手をしてやってくれ。時間の許すかぎりおれもやる」

「了解」

「ほーい。マヒロ、あとで武器庫を案内してやるよ。いろいろあるから」

「それから中距離の攻撃方法もひとつ身につけろ。四日後の仕事につれていく」

「え？」

衣服についた土を払いながら、マヒロはぽかんとしていた。

「わあ、初仕事だね」

「オレも行くやつだ。がんばろーな」

先ほど弾き飛ばされた剣を、エルンが拾って戻ってきた。始末しておけという意味だろう、柄をマヒロに向けて差し出す。彼のほうが少し小さいので、軽く見あげられる形になる。

雲の切れ間から日が差し、霧がさっと晴れた。エルンの目の下の黒い線がはっきりと見える。その線がなにかを思い起こさせると、マヒロはずっと気になっていた。

わかった、チーターだ。

エルンがにやりと笑んだ。口の端に、尖った白い犬歯がのぞく。

「エタナ・クランへようこそ、マヒロ」

はじめて彼に、名前を呼ばれた。

マヒロはまた、身体の芯がぞくっと震えるような、あの感覚を味わった。

第二章

夕刻の林間に石笛の音が響いた。

「撤収！」

テッポの声も笛の音も、マヒロの耳には届いている。だけど聞こえていない。

白い樹皮の木が立ち並ぶ一帯。頭上に繁った葉のせいで視界は常に薄暗い。太陽が沈みつつある今、マヒロが視認できるのは物体のぼんやりとしたシルエットだけだ。

心臓の音がうるさい。

さっきまで相対していた敵の姿を見落とすまいと、林の奥に目を凝らす。身体の前に構えた剣の先が、ちりちりと震えている。

目が、視界の片隅で動くものを捉えた。考えるより早く、マヒロはその影を薙ぎ払うように剣を振った。切っ先がなにかをかすめ、はっと我に返る。

エルンが立っていた。革の胸当てに刻まれたひと筋のへこみは、たった今マヒロの剣がつくったものだ。剣がかすめても、エルンは微動だにしなかった。

振り抜いたまま空中で半端にとどまっていた剣を、エルンがそっと手で下ろす。

闇と同化した風貌の中で、瞳だけが太陽の残光を反射して光っている。じっとマヒロを見つめる表情は、戦いのあととは思えないほど静かだ。エルンが口を開いた。

「撤収だ」

「あ……」

マヒロは詰めていた息を吐いた。身体から力が抜けていく。落ち葉が積もってできた腐葉土の上に、剣が柔らかく落ちた。足元がおぼつかず、マヒロはバランスを崩し、尻餅をついた。

かたわらにエルンがひざをつき、マヒロの剣を取りあげる。

「……すみません」

「なぜ謝る？」

エルンは刃をじっくり確かめ、「木を何度か斬ったな」と愉快そうに言った。

「思った以上に、木の間隔が狭くて」

「そういう場所で、水平に剣を振ったらダメだ。さっきみたいに」

ですよね、とマヒロはしょげた。教わったはずなのに。

「戻るぞ」

うなだれるマヒロをよそに、エルンが立ちあがる。軽やかな足取りで歩いていくうしろ姿を、マヒロは情けない気持ちで見つめた。

「いや、落ちこむとこじゃないって。斬りあわなくて済めば、それが一番」

気落ちするマヒロをテッポが慰める。

初仕事は小さな隊商の護衛だった。エタナ・クランから参加したのはエルンとテッポ、マヒロとほか二名。クランの拠点のある街から出発し、山道を抜け、今いる街まで無事に送り届けて任務は完了した。荷車が通れる道を選んだために山中で一泊する必要があり、マヒロたちは交替で夜通し番をした。くたくただ。

すでに日は暮れているから、今夜はこの街に泊まる。めいめい宿泊先を探していたところ、旅慣れた隊商のかしらが食事のおいしい宿屋を教えてくれたので、テッポと連れ立ってやってきた。

「とりあえず乾杯しようぜ」

食事どきを過ぎているせいか、宿屋の食堂にはマヒロとテッポ以外だれもいない。テッポは陶製のピッチャーから麦酒をどばどば注ぎ、ガツンとカップをぶつけた。

「マヒロの初仕事が、けがもなく終わったことに、乾杯！」

「けががないっていうか、たんに戦わなかったっていうか……」

「またあー」

太い丸太を輪切りにしたテーブルを、天井から吊り下げられたランプが照らしている。食事が運ばれてくると、マヒロは腰袋からフォークとスプーンを取り出した。

この世界ではカップも客が持参し、店の飲み物を注いでもらう。水道も普及していない中、洗い物は汲み置きの水を使うしかない。店が大量の食器を持つこと自体、現実的じゃないんだろう。

「戦わなくてもいいんだって。今回の仕事は隊商を無傷で目的地に送り届けることであって、賊のせん滅じゃないんだから」

「直接戦わずに仕事が終わることって、よくあるの？」

「全然あるよ。つまんないけど、装備も消耗しないし、まあ、お得な回と思って終了」

「でも、こういう機会に少しでも山賊を減らすのも、広義の使命だったりとか」

「そんな使命、ないよ。少なくとも今回の依頼には含まれてない」

「そうなんだ？」

「だって、ほかの隊商が襲われるぶんにはむしろ歓迎だろ。傭兵が大けがでもすりゃ、こっちは競争相手が減る」

（野性味があるなあ）

弱肉強食、優勝劣敗。自分に利益があるか否か、リスクよりリターンのほうが多いか否か、勝てるか否か。ここでは、人の行動原理はとてもシンプルだ。

白いシチューを口に運ぶ。塩気の薄さを肉とミルクの風味で補っているような、素朴な味だ。

「じゃあ、毎回血みどろの戦いをくり広げるわけじゃないんだ」

「藩同士の戦争じゃあるまいし。実力がある相手ほどこっちの能力も読み取れるから、無駄な争いは仕掛けてこないよ。だからなるべく高い金を払って、いい傭兵を雇うわけ。ユーリャの話はしたろ？　オレが今回の賊なら、エルン団長の気配を感じただけで死んだふりするね」

「そういうこと、できたら事前に教えてくれないかな」

「そしたら油断しちゃうだろ」

にやにやしているテッポは、半分は確信犯だったに違いない。いつ敵と遭遇し、戦闘になるかとガチガチに緊張していたマヒロを、微笑ましく見守っていたのだろう。

くそー、と内心で舌打ちしながら、パンをちぎってシチューに浸す。そのとき、ランプの灯りがゆらりと揺れた。いつの間にか、テーブルの横にエルンが立っていた。

ここはふたり席だ。上司に席を譲る気分で腰を浮かせてから、思い直す。そういう文化の傭兵団じゃないし、エルンもおかしな気遣いは歓迎しない。逡巡している一瞬の間に、椅子に半端にできたスペースに、エルンが遠慮なく腰を下ろした。

座り直そうとしていたマヒロは、エルンの身体に弾かれて、半分だけ椅子に引っかかった状態になる。エルンは気にする様子もなく、持っていた布の袋をテーブルに投げた。

「うわ、もうもらえたんだ？」

テッポが声を弾ませ、袋の端を持ちあげる。

「しかもだいぶ多い」

「隊商はおれたちの仕事ぶりにいたく満足だったらしい」

「そりゃお互いさまだね！　無茶な要求もなかったし、さらに金払いがいいなんて」

「最高の顧客だ」

満足げにうなずき、エルンはマヒロのカップに手を伸ばした。まるで自分のものであるかのようにテッポと乾杯すると、ぐいと飲み干す。

ご機嫌だ。

数日かけた仕事が首尾よく終わって、気分がいいのかもしれない。そもそもエルンとテッポ、ユーリャナの三人は、クランの中でも仲がいいのだった。

『起《た》ちあげ前からちょいちょい一緒に仕事してたからさ』

前にテッポがそう教えてくれた。

ふと気がついた。

エルンは〝マヒロの隣〟に座ったわけじゃない。〝テッポの正面〟に座ったのだ。

(なんだ……)

……『なんだ』ってなんだよ？

自問するマヒロの前で、テッポが「これ、もう分けていいよな？」と袋の中身をテーブルの上に空けた。皿と皿の間に、硬貨がざらっと流れ出る。

「ひい、ふう……。まずこれが、団に入れるぶん」

よりわけた小さな山を、ほかと混ざらないようテーブルの端に寄せる。続けて数えながら、残りの山を三つに分けた。

「これがエルンとオレ。残りがマヒロだな、ほい。初収入おめでと」

自分の前に押し出された硬貨の山を、マヒロはありがたく受け取った。エルンとテッポは指名料が加算されるため、マヒロより多くもらうのは当然としても、マヒロがもらった額も事前に聞いていたよりだいぶ多い。

「おれまで、こんなにもらえるんですか」

「隊商の代表は、お前を名指しで褒めてた。報酬が増えたのはお前のおかげでもある」

「おれ、べつに特別なこと、してませんけど」

必要ないと言われたものの、エルンに対してだけは敬語が抜けないマヒロだ。そんなマヒロを横目で見て、エルンはにやっと笑った。

「礼儀正しいところが気に入ったそうだ」

「あー、いないもんな、こういうの」

「それから正直で真面目だと」

その評価には思い当たることがある。マヒロは肩を落とした。

「やっぱり試されてました？」

「さすがに気づいてたか」

くくっと喉を鳴らし、エルンがマヒロの背中を叩いて励ます。

隊商の護衛をしながら山道を歩いているとき、最後尾の荷車から包みがひとつ転がり落ちた。ちょうどマヒロの目の前だった。

とくに深く考えず、マヒロはそれを拾って荷車に戻した。もう落ちないように、ほかの荷物の間にぎゅっと押しこみさえした。重さと手触りから、中身はおそらく宝飾品と思われた。

こんな大事なもの、落としたらダメじゃん。

隊商の不注意に眉をひそめるような思いで歩き続ける。なんとなく視線を感じたのはそのときだった。正確に言うと、視線が消えたのを感じた。だれかが見ていたのだ。

変な気を起こさなくてよかった、とのんきに胸をなでおろし、だいぶあとになってから、それこそが狙いだったのではと思いあたった。

「偉いなー、オレだったら中身を確かめるくらいはしてたぜ」

「でも、盗みはしないよね？」

テッポが肩をすくめた。

「まあね、でもそれはたんに、今、暮らしに困ってないからだ。それがなくて、しかるべき報酬の約束もなかったりしたらわからないよ。金は必要だもんな」

「……エルンなら？」

マヒロは遠慮がちに尋ねた。テーブルに頬杖をついたエルンが、顔をこちらに向ける。触れあわざるを得ない距離のせいで、くっついた腕から筋肉の動きが伝わってきた。

彼の答えは簡潔だった。

「落としたぞ、と知らせてやる」

なるほど、さすがです。

あらかた食べ終わるころ、エルンがくいと親指で戸口を差した。

「寝る前に練習するぞ」

「真っ暗ですよ」

「だからだ」

そう言って席を立ってしまう。マヒロは急いで残りを平らげ、麦酒を飲み干してあとを追った。

「行ってら～」

気楽に手を振って送り出すテッポに、エルンが戸口で振り返る。

「お前も来い」

「はい……」

テッポは名残惜しそうに、服についたパンくずを払った。


糸みたいに細い三日月が、稜線に消えようとしているところだった。

エルンのあとについて宿屋の裏口を出たマヒロは、厩の横を抜け、物置小屋のような建屋の前を通りすぎようとして、なにかにつまずいた。暗くて足元が見えないのだ。

おそらく鉄製の農具のようなものだろう。転びはしなかったものの、爪先をしたたか打って痛みに呻いた。異変に気づいたのか、数歩先でエルンが足を止める。

そこに、ゆらゆら揺れるオレンジ色の光が追いかけてきた。

「おーい、マヒロ。少なくともお前はこれ、いるだろ」

テッポがランタンを持ってきたのだ。おかげで半径二メートルほどが明るく照らされ、マヒロはほっとした。一方、エルンは顔をしかめ、ぎゅっと目を閉じている。

「手ぶらで出てくんだもんな。このへんで練習するだろ？　ここに掛けとくぜ」

テッポは背伸びをして、近くの木の枝にランタンを引っ掛けた。

よほど大きな通りの重要な場所でもない限り街灯などないので、日が暮れたらどこへ行くにも灯りを持って出る必要がある。マヒロもそれには慣れていたつもりだったが……

「うっかりしてた。ありがとう」

「団長といると、やりがちだよな」

そうなのだ。平然と闇の中に出ていき、すたすた歩くので、ついこっちも同じ調子でついていってしまう。

「この木がいい」

エルンは並んで立つ細い木を選ぶと、木と木の間に縄を張りはじめた。マヒロとテッポも一緒になって、的になる結び目をつくりながら、縦横無尽に縄をくりつける作業をする。

エルンがそばに来たとき、マヒロは尋ねてみたくなった。

「体質みたいなものですか？」

「うん？」

「その、夜でも普通に見えるっていう」

エルンが肩をすくめる。

「便利そうですよね」

それに、特殊能力みたいでかっこいい。というのはさすがに子どもじみている気がするので、胸にしまっておく。エルンは再び肩をすくめただけで応えた。

「始めるぞ。お前は離れろ。もっと、もっと」

もっとだ、という指示に従って、マヒロは張りめぐらした縄から十メートルほど距離を取った。

ランタンのおかげで縄は見えるが、今度は自分の周囲が見えない。

そのランタンを指さし、テッポがエルンに尋ねた。

「これ、消す？」

「半分だけ」

えっ、うそ。

無情にもランタンの覆いが半分下ろされ、光が弱くなる。

「おーい。的、どのくらい見える？」

「ほとんど見えないかな……」

「気にするな、おれは見えてる。始めろ」

こういうエルンの強引さにも慣れてきたマヒロは、言われたとおり始めることにした。

腰につけた袋に手を入れる。そこには道中拾い集めた、手ごろな大きさの石がいくつも入っている。縄の結び目の、一番上のひとつを狙って投げた。

石は目標を外れ、うしろに積んである干し草の山に飛びこんだ。狙いを調整して、もう一投。今度は結び目をかすめて、縄を揺らした。

エルンとテッポは縄の左右に立っている。いつ手元の狂った石が飛んでいくとも限らない場所なのに、平然としている。危なくないのかと以前聞いたら、『オレらに当てられるつもりなんだ？』とにやにやされたので、もう気にしないことにした。

投石。

これが、マヒロが習得中の〝中距離の攻撃方法〟だ。

『石を投げるだけ？　で、いいんですか？』

『あ、地味だなって思ったな？』

ちちち、とテッポは人差し指を振ってみせた。マヒロがエルンと勝負――にもならなかったけれど――をし、中距離攻撃を身につけろと言われた直後のことだ。

テッポはすぐにマヒロを武器庫に案内して、いくつかをマヒロに提案した。短弓《ショートボウ》、連接棍《フレイル》、投げナイフ、ブーメラン……

拠点の草地に建つ石造りの建物の中は、さまざまな武器や防具でいっぱいだった。種類ごとに整頓されていて、手入れも行き届いている。ただし大きさや装飾はばらばらで、ひとつとして揃いのものがない。

『ここにあるのは共有の装備品だから、好きに持ってってていい。使わなくなったり、戦利品として取ってきたりしたものは、ここに置けば使いたい奴が使う。この焼き印がクラン所有のしるしだから、覚えといて』

そう言ってテッポは手近な円月刀を手に取り、柄に捺《お》されたうずまきのマークを見せた。

『この図柄には、どういう意味が……？』

『お前、都会っ子？』

マヒロはなにを聞かれたのか理解しかねて、えーと、と考えた。

『よくわからないんです。昔の、っていうか、けっこう最近までの記憶がなくて』

『あらら、そら不便だな。でもいいこともありそうだな』

テッポは驚くべき無頓着さでそう言うと、『これは、かたつむりだよ』と指さす。

『かたつむり？』

『そ。土着の言葉で、エタナって言うの。それでエタナ・クラン。縁起よさそうだろ？』

かたつむりの縁起のよさにはぴんと来なかったものの、マークには素朴なかわいらしさがあって、マヒロは気に入った。

『なるほど』

『戦闘の経験はないんだったよな。四日でモノになる武器かあ……まずは剣の稽古を徹底的にする必要もあるわけだしなあ……うーん……あ、指が長いね、お前』

マヒロの身体をあちこちさわって確かめながら、さらに少し考えて、テッポが出した答えが〝投石〟だったのだ。

なぜそう考えたのかは、説明を聞けばすぐに納得した。

いわく、武器を携帯する必要がなく、よって手入れの必要もなく、弓矢や投げナイフのように、的を外したときに手持ちの装備が減る心配もない。そのへんに落ちている石を拾い集めて使い、用がなくなったら捨てればいい。練習も気兼ねなくできる。

そして訓練すれば、じゅうぶんな命中率と攻撃力を発揮する。

「うぉい、集中力切れてるぞー」

テッポの声にはっとした。

見ればエルンが、大きくそれた石を、ひょいと首をかしげてよけたところだ。

「すみません！」

「休憩する？　けっこう投げたろ」

尋ねられたマヒロより先に、エルンが「いや」と答えた。地面に落ちた石を二、三個拾いあげ、的の前に立つ。マヒロはいやな予感に襲われた。

「あの……」

「そういえば、お前は〝実戦〟のほうが勘がいいんだったな」

にやりとする口元で、牙が光る。殺気を感じて、マヒロはとっさに腰の袋に手を入れた。

ふたりはほぼ同時に投げた。

投げながら身体をひねったものの、わずかに遅く、マヒロの左胸に鋭い衝撃が走る。一瞬呼吸が止まったが、体勢を整える前になんとか二投目を放った。

エルンが一投目を難なくかわしたのは、マヒロの予想どおりだ。だけど、間髪を入れず次の石が飛んできたら？

大きな金色の目がはっと見開かれる。石は計算どおり、エルンの腰骨めがけて飛んでいく。ひとつ目の石をよけたあと、重心が乗って動かしづらくなる場所だ。

エルンは自分を穿とうとする石をじっと見つめ、瞬きをした。まるでカメラのシャッターが切られたみたいだとマヒロは感じた。褐色の腕が、すっと動く。

なにが起こったのか、マヒロにはよく見えなかった。ただ、石がふっと方向を変え、エルンをかすめて干し草の山に突っこんだのはわかった。

最小限の動作で、石の軌道をずらしたのだ。

（どんな動体視力してんだよ……）

あらためて思う、恐ろしい人だ。

とはいえ、それはそれとして……

「マヒロの奴、悔しがってるぜ」

「悪くない攻撃だった」

「けっこう負けん気強いんだよなー」

楽しそうなふたりの言葉に、マヒロはますますおもしろくない気分になった。それなりに努力を重ねてきているのに、このふたりには一発も当てたことがない。

当てられないことが悔しいんじゃない。少しも夢を見せてくれないふたりの意地悪さに腹が立つのだ。時間を見つけてはマヒロを練習に誘い出し、親身になってアドバイスをくれるだけに、こういう容赦のなさが頭に来る。

くっそ、と心中で毒づいたとき、ランタンの灯りと人の足音が近づいてきた。

「お邪魔します。エタナ・クランの方々ですか？」

現れたのは、宿屋の下働きの少年だった。エルンが振り返る。

「手紙をお預かりしました。宛名はエルネスティさんとなっています」

「おれだ」

折りたたまれた羊皮紙を差し出した少年は、エルンの顔を見てぎょっとしたように手を止めた。

エルンは気にする様子もなく受け取り、目を通しはじめる。少年はそそくさと去っていった。

「ユーリャナからだ。『ピエニノ町ニテ新タナ仕事アリコレカラ出立其ノホウモ参加サレタシ』」

「ピエニかあ。日付は？」

「二日前だ。明日発てば同じころに着くな」

紙をのぞきこんで、テッポがふーむと思案する。

この世界に組織的な郵便機能はない。旅人に伝言や手紙を託すのだ。マヒロも仕事柄移動が多かったので、何度か託されたことがある。これもそのようにして届いたのだろう。

「ユーリャが来いって言うからには、オレら好みの仕事なんだろうな」

「そうだな。行くか。マヒロもな」

意見を求められることすらなく、あっさり決まった。まあもとより、団長と世話役の決めたことに異存なんてない。

「夜明けと同時にここを出てピエニに向かう。いいな」

「はい。ありがとうございました」

ピエニってどのへんだろう、と内心で首をひねりながら、袋に残っていた石を捨てる。明日の移動に備えて、練習は終わりだと思ったからだ。が……

「なにが『ありがとうございました』なんだ」

「えっ」

エルンがマヒロを指さし、テッポに指示する。

「近くで指導してやれ」

「ほいー」

野営で夜明かしし、日中は山道を歩き詰め、やっと着いた宿屋。疲れてて……という言葉を飲みこみ、捨てた石をまた拾った。疲労の話をするならみんな同じ。いや、ろくに貢献しなかったマヒロより、彼らのほうが上だ。

深く息を吸って、集中する。

「お願いします」

「がんばれー」

背後でテッポが囁く。

(なんか、部活みたいだな)

部活やってなかったけど、と自分で突っこみつつ、そんなことを考えた。


ピエニでの任務には、エタナ・クランから総勢十名近くが参加した。任務を終えて、なんだかんだ二週間ぶりくらいで本拠地に帰ると、草地はがらんとしていた。

ここに慣れるより先に初仕事に旅立ったけれど、戻ってくると、意外とほっとするものだ。荷物を下ろしたマヒロに、ユーリャナが声をかける。

「装備を解いたら温泉に行こうよ」

「温泉があるんだ？」

「ちょっと遠いんだけどね。初仕事からの帰還だもん、身体をねぎらってあげないと」

浮かれかけたマヒロは、「あ、でも」と傾きかけた太陽を見あげた。

「おれ、夕食の支度が……」

「行ってこいよ。遠征帰りの日は、基本そういう仕事は免除される」

テッポが荷解きをしながら、しっしっと追い払う仕草をする。

「だけど、新入りだし」

「団長と一緒に仕事ふたつこなしたら、新入りもなにもないって。オレも金勘定したら追いかけるから、行ってこい。ほい、新品の石鹸」

そう言って、どこからか取り出した油紙の包みを、ぽんとマヒロの手に載せた。

贅沢品だ。たっぷり使って全身を洗うことを想像すると、わくわくしてくる。

「じゃあ、エルンも」

少し離れたところでしゃがんでいたエルンが、マヒロの呼びかけに顔を上げた。荷物を広げ、戦利品の確認をしていたらしい。

「なんだ？」

「ユーリャたちと温泉に行こうって話してて」

「そうか。ついでに食事もしてくるといい。ユーリャナは食通だ。うまい店を知ってる」

「エルンも行きましょうよ」

それなりに期待をこめて誘ったものの、エルンは軽く肩をすくめただけだった。

「おれはいい」

「忙しいですか？」

「共同浴場は嫌いだ」

そうなのか。

そう言われては、無理に誘うのも気が引ける。マヒロはすごすごと荷解きに戻った。

ほどなくして、広場の一角がざわつきはじめた。マヒロは振り返って、ぎょっとした。

（でっかいな……！）

身の丈二メートル近くありそうな男を先頭に、四、五人の男が連れ立って野営地に入ってくる。知らない顔だが、仕事帰りの団員たちに違いない。挨拶をしないと。

「あの」

「おっ？」

マヒロが駆け寄ったのと、向こうが声をあげたのは同時だった。先頭の大きな男が、くしゃっと顔を崩して陽気な笑顔を見せる。

「もしかしなくても、うわさの新入りだな？　マー……」

「マヒロです」

「そうだ、なんか変わった名前なんだった。よろしく頼むぜ。おれはライノ」

差し出された手は、握るとびっくりするほど分厚くて固い。見あげる位置にある顔は頑丈そうな首に支えられ、浅黒く日焼けした肌の中で明るい茶色の瞳が輝いている。

背負っているのは、使いこまれた大剣だ。マヒロにはほぼ鉄板に見えた。こんなものを振り回されたら、近寄ることもできないだろう。

うしろに四人の男が続いていた。すでに知っているメンバーがふたりと、知らないのがふたり。知らないふたりが口々に自己紹介をする。

よかった、いい人たちだ。

胸をなでおろしたとき、ライノがマヒロの背後に視線をやった。

「わざわざお出迎えか？　光栄だなあ、団長どの」

皮肉な口調に驚いた。振り向いた先ではエルンが、いつもどおり力みのない姿勢で立っている。

「いや、たまたまいただけだ」

「冗談くらいわかれよ。おら、今回の報酬だ」

投げつけるように放られた布袋を、エルンが片手で受けとめた。中を確認して、眉をひそめる。

「お前たちの取りぶんも入ってるように見えるが」

「何割だの何分の一だの、細かい計算は苦手なんでね」

「各自がする決まりだ」

「団長さまを信用してんだから、文句ねえだろ？」

「ぼくがやるよ、エルン」

張り詰めた空気を和らげたのは、いつの間にかそばにいたユーリャナだった。エルンから袋を受け取り、ライノたちに微笑みかける。

「お帰り。お疲れさま」

「おお。お前らも大仕事やっつけたんだろ？　おれたちのところまで噂が飛んできたぜ」

「おかげさまで。ぼくらはこのあと温泉に行くんだけど、そちらもどう？」

「ぼくら？」

ライノが片方の眉を上げ、エルンを見やる。エルンはふいとその場を離れ、草地の奥へ歩いていった。空気の悪さを感じ取って、マヒロはなにか言わなくてはと慌てる。

「あ、おれと、あとテッポが行くんだ。エルンも誘ったんだけど、いいって」

どっと笑いが起こった。ライノと連れたちが腹を抱えて笑っている。マヒロはぽかんとした。

「誘ったのかよ！　そりゃ、あいつは行かないだろ」

「え、うん……？」

「お誘いはありがたいが、今夜はおれらも予定があるんでな、また今度。じゃあな」

たくましい手でマヒロの背中を叩き、彼らは連れ立って焚き火のほうへ去っていった。


市街地と逆方向へ三十分ほど歩くと、唐突に温泉が湧いていた。

行程の後半は石ころだらけの上り道だった。マヒロは道々、石を拾っては天高く投げ、飛んでいる鳥をターゲットに投石の練習をした。あたったらかわいそうだからあたらないように心掛けたが、気を遣うまでもなくあたりそうになかった。真上に投げるのは難しいのだ。

小高い丘を越えようとするあたりから、前方にもくもくと立ち昇る水蒸気が見えてきた。丘のてっぺんに立ったときは、思わず「わあ」と声が出た。

透き通った川の流れのあちこちで、湯気が上がっている。川幅は十メートルもなく、水深もそう深くはなさそうだ。大きな獣なら歩いて渡れるだろう。

川原は角の丸くなった大きな石がごろごろしており、素足で歩くのにちょうどいい。申し訳程度に立った木の衝立が、公共浴場としての体裁を保っている。マヒロはユーリャナにならって、さっそく服を脱いだ。

「沸いてるところに行っちゃダメだよ、火傷じゃすまないから」

「川の水、めちゃくちゃ冷たい！」

「ちょうどよく混ざってる場所を探すんだ。このへんかな」

話しながらユーリャナは、ひと抱えほどの石を次々と積んで川の一部をせき止め、あっという間に即席の湯舟をこしらえる。

「うん、ちょうどいい湯加減だ。さあ入ろう」

「ありが、と……」

マヒロの視線は、ついユーリャナの身体に行く。服を着ていると美しい顔とたおやかな仕草が目につくが、こうしてさらされた肌は古傷だらけだ。矢じりがえぐった傷、刃物がかすめた傷、刺された傷。マヒロも傷の種類の判別がつくようになっていた。

気持ちよさそうに湯に身体を沈め、ユーリャナがひときわ目立つ腹の傷を指でなぞる。

「気になる？」

「ピエニではじめて一緒に仕事したけど、ユーリャってほとんど接近戦しないよね。それでもこんなに傷がつくもの？」

「たまに戦ってる実感がほしくなるとき、ない？」

「わざとやられるってこと？」

「そう。生きてるーって感じがして、燃えるんだよね」

夢見るような口調だ。これをなんと呼ぶんだろう。心の闇か、性癖か。

（人って、わからないもんだなあ）

熱い風呂が苦手なマヒロは、川の流れに近いほうを選んでそっと浸かった。ため息が出るほど気持ちいい。無色、無臭の温泉だ。

「あー……」

慣れない仕事で積み重なった緊張がほどけていく。ピエニでの任務は、富豪の娘の婚礼行列の警護だった。日本でいうところの暴力団の組長のような家柄らしく、一族が総出になる機会を狙って、ライバルの組が襲撃に来るのが長年のおなじみなんだそうだ。実際、乱闘になった。

口が浸からないぎりぎりのところまで沈み、温かい水流と浮力を楽しむ。ふふっと笑い声が聞こえて目を開けると、ユーリャナが微笑ましそうな視線を向けていた。

「マヒロって、いくつ？」

「二十七だと思う」

「そっか、記憶がないんだっけ。ぼくのひとつ下かあ。もう少し下に見えてたよ」

「じゃあ実際、もう少し下なのかも」

「かもね。なんで二十七だと思うの？」

マヒロは少し考え、「残ってる記憶から、なんとなく」とできるかぎり正直に答えた。

「なるほど、じゃあ正しそうだな。エルンよりお兄さんなんだね」

「えっ！」

そのとき、丘の向こうから「うおーい」と声がした。

「あ、テッポだ。あはは、もう脱ぎはじめてる」

言葉のとおり、岩場を駆けおりてくるテッポはすでに上半身裸だ。その勢いのままブーツとズボンと下着を脱ぎ捨て、盛大にしぶきを上げて川に飛びこむ。

マヒロとユーリャナは頭から湯をかぶったが、それも気持ちいい。

「ねえ、マヒロって二十七歳なんだって、知ってた？」

「うえっ、そうなの？　せいぜいはたちを少し超えたくらいかと」

「エルンってぼくらの三つ下だったよね？」

「テッポってユーリャと同い年なんだ!?」

つい大声が出た。のぼせやすいのか、テッポが真っ赤になった顔で眉をひそめる。

「どのくらいだと思ってたんだよ？」

「その……傭兵歴は長いけど、歳はおれと同じくらいかなって」

「オレがはたちそこそこの小僧に見えるってのか！」

「それは、テッポが想像してたおれの年齢だろ」

「ぼく、くつろぎに来たんだけど。静かにしてくれないと川上で身体を洗うよ」

ユーリャナの脅しは、地味にいやだ。

空はオレンジ色に染まりつつある。山に帰る鳥の群れが、見事なほどいっせいに飛ぶ方角を変える。マヒロは湯気の間から、ぼんやり頭上を眺めた。

「エルンも来ればよかったのに」

ユーリャナが優しく目を細める。

「そうだね。今日はちょうど、だれもいないし」

「人がいるのがいやなんだ？」

何気なく聞き返したマヒロに、テッポたちが顔を見あわせた。

「……言ったじゃん、こいつ、記憶ないんだって」

「でも普通に生活できてるじゃない。常識みたいなものはなくしてないんだとばかり」

「なんの話？」

ふたりはマヒロのほうへ顔を寄せ、だれもいないのに声をひそめた。

「獣人《ビースト》がこういうとこを使ってると、いまだにうるさい奴がいるの！　宿屋や食堂ならまだしも、浴場はとくにな。肌を出すからバレやすいし」

「時代遅れだよねえ。要職で活躍する獣人も増えてきてるっていうのに」

「それだって、ごく一部の話だしな」

これでわかっただろ、と言わんばかりに話は終わってしまった。マヒロは目をぱちぱちさせ、なんとなくわかったふりをしてあとで情報を集めるか、なんのことやらさっぱりだと正直に表明するか迷った。相手がこのふたりならと、後者に決めた。

「獣人って？」

予想どおり、狂人を見るような目つきをもらった。ユーリャナの表情はむしろ、気の毒がっているといったほうが近い。

「そこからなんだ？」

「マヒロ……お前、出身どこだ？　いや、どのへんの気がするんだ？」

「ええっと、川岸で目が覚めたから、たぶんその川の上流のどこかだと思う。あの、南を流れてる大きな川。そこに流れこむ支流のひとつだって聞いた」

「シーヴェット川だな。本流まで行ってたら最悪、海まで流されてたぞ、よかったなー」

「とすると、山の集落のどれかの出身かな。でも、獣人を知らない地域じゃないでしょ。やっぱり忘れちゃったんじゃない？」

「想像してたより大変そうだな。お前、ほかになにを知らないんだ？」

そんなことを言われても。

マヒロは促されて、ふたりと一緒に河原に上がった。使った水が湯舟に流れこまないよう少し下流に移動して、石鹸と布で身体をこすりはじめる。

「獣人てのは、そのまんまだよ。獣の特徴を持った人間のこと」

「特徴って、たとえば？」

「人によって違う。牙があったり、爪が鉤爪だったり、身体中に体毛が生えてたり。出現する獣もばらばらだ。犬もいれば猫もいる。ネズミやウサギ、羊や牛もいる。クマとか狒々《ヒヒ》も見たことある。複数の特徴が混ざってたりもする」

「角が生えてる人もいるよね。たいてい切っちゃってるけど」

三人で一列になり、テッポに背中をこすってもらいながら、マヒロはじっと考えた。

ひとつ、やっぱりここは異世界だ。

ひとつ、そんな目立つ特徴があるなら、会えばわかるんじゃないか？　なぜ今まで、エルン以外の獣人に遭遇したことがないんだろう。

そして、ひとつ……

「……こういうところを使うと、いまだにうるさいっていうのは？」

肩越しに振り返ると、テッポがおもしろくなさそうに口を尖らせる。

「獣人って、歴史的に立場が複雑なんだよ。あからさまに迫害されてた時代もあったし、見世物にされてた時代もあった。今でも、奴隷とか家畜みたいに扱ってる家とか、獣人は雇わないって店とか、普通にある」

「なんで？」

「なんでって……」

テッポの目があちらこちらに泳ぎ、最後に上を向いた。

「なんでだろうな？」

「いつの時代も、なにかを排斥しようとする心理の源は〝恐れ〟だよ」

テッポのうしろから、ユーリャナが穏やかに言う。

「得体の知れないものは怖い。怖いから遠ざける。もしくは支配したがる」

向きを変え、今度はマヒロがテッポの背中をこする。知ってはいたが、テッポも傷だらけだ。

「獣人は、獣人から生まれてくるの？」

「そうだったらわかりやすいんだけどな。違う。いきなり生まれてくるし、獣人から生まれた子がただの人間だったってのも聞く」

「突然変異みたいなものなのかな」

「わからん。その昔、魔術師が呪いをかけたとか、でっかい災いがあって人間と獣が混ざっちまったとか、いろんな言い伝えはあるけど」

エルンになにかの動物の特徴が表れているとしたら、間違いなく猫の仲間だろう。猫みたいだと感じていたのは、間違ってはいなかったのだ。

「でも、エルンは宿屋も食堂も、行くよね」

「今度、注意して見てみろよ。出入りしてるだけで、泊まってもいないし注文もしてないから」

これには衝撃を受けた。

言われてみればそうかもしれない。エルンが宿屋で休んでいるところを見たことがあるか？　店で給仕を受けているところは？　店員と親しく会話しているところは？

愕然としながら、機械的に手を動かす。

「ライノが、あんまりエルンと仲がよくなさそうなのも、そのせい？」

「あー、あれは別の話。ライノはたんに、自分より身体の小さいエルンに一度も勝てないから悔しいんだ。だから絡んでんの。読み書きも苦手だし」

「ぼくが教えてあげるって言ってるのにな」

「歯向かいたいお年頃なんだろ。さっ、そろそろ流して帰ろうぜ」

ほかほかと上気した裸体をさらして、テッポが川へ入っていく。マヒロもあとに続き、温かな流れで全身をすすぎ、石鹸の泡を落とした。

それから、沈んでいく太陽と競いあうように、来た道を急いで戻った。


あくる日の夕方。

エタナ・クランの本拠地で、マヒロは夕食をつくっていた。

今朝も何人かの団員が仕事から戻ってきたから、二十人ぶんほどの食事がいる。

平たい鍋で野菜と米を炒め、その上にきのこと貝をたっぷり乗せる。さらにその上に、大きな葉っぱで包んだ魚を乗せた。魚はあらかじめ表面をあぶって、香ばしい焼き色をつけてある。

ふたをしたところで人の気配を感じて、マヒロは顔を上げた。

「変わった匂いがする」

エルンが鼻をひくつかせ、焚き火の上の鍋を見おろしている。

「なにをつくってる？」

「いろいろ炊きこんだご飯です。街で香辛料が手に入ったから」

パエリヤを説明したかったが、どう言えばいいのかわからない。それでもエルンにはじゅうぶんだったらしく、ふんと鼻を鳴らし、マヒロの向かいに腰を下ろす。

「お前が来てから、飯がうまいとみんな喜んでる」

「役に立ててるなら、よかった」

「どこで料理を覚えた？」

マヒロは隣の深鍋の様子を確認して、中身を杓子《しゃくし》でひと混ぜした。

「たぶん、育ったところです」

こういうときは、なるべくうそを少なくすることにしている。エルンは大きな瞳を瞬かせて、

「そうだった」とぽつりと言った。

「記憶がないんだったな」

「はい」

「何度聞いても忘れる。お前は……普通だから」

さほど申し訳なさそうでもなく、むしろマヒロのほうが悪いような口ぶりだ。マヒロはうつむいて、口元に浮かんだ笑いを隠した。

平鍋のふたを取り、葉でくるんだ魚を取り出す。

「もう取り出すのか」

「この魚は、火を通しすぎると硬くなるので。このくらいがちょうどいいです」

米の上で蒸された葉は独特の香りがする。この香りが魚に移り、川魚の臭みや苦みを消してくれるのだ。皮はパリッとした食感を残しており、身はほろりと柔らかい。

マヒロは白身をひと口箸で取り、焚き火の熱をよけて差し出した。

エルンの金色の瞳の中央で、真っ黒な瞳孔が、興味の対象にピントを合わせようと大きくなったり小さくなったりする。

「そんなふうに、二本の棒で挟むのも、故郷の風習か」

「便利なんですよ、これ。でも、あんまり一般的じゃないかもです」

ここの文化に箸はない。食べるだけならフォークでもいいけれど、料理するとなると、どうしても菜箸がほしかったマヒロは、大工時代に仲間に頼んでつくってもらった。

「ふうん……」

安全を確かめるように、エルンが鼻を近づけてくんくんと嗅ぐ。それから口を開け、箸の先の魚の身をその中に入れた。一瞬顔をしかめ、ぴくっと反応してから咀嚼を始める。

「熱かったですか」

「その棒が熱い」

「ああ」

鉄だから、そりゃそうだ。しまった。

「すみません」

「たしかに硬くないな」

そう言って、再びマヒロの手元にじっと視線を注いだ。マヒロは手桶の水に箸の先を浸して冷まし、さっきより大きく魚の身を取った。

長い菜箸でエルンの口元に運ぶ。彼が素直に口を開けて待っているのを見て、妙な満足感に襲われた。上下に小さな牙のある口の中に、箸が触れないよう注意して放りこむ。

「お前が獣人を知らなかったと、テッポたちが感心してた」

もぐもぐと口を動かしながら、エルンが言った。

「ああ……」

まさか本人からその話を振られるとは思っておらず、マヒロは視線を泳がせる。反応を探られているような気がしたが、確かめてみたら、エルンはこちらを見てすらいなかった。

「おれ、大事なことをかなり、いろいろ忘れてるみたいで。失礼なことを、言ったり、してたりすると思います……すみません。温泉に誘ったこととかも」

「べつにかまわない。失礼とも感じなかった」

エルンが黒髪をぱりぱりとかき、ふと視線を上げる。目が合って動揺したマヒロは、無意識にもうひとかけら取ろうと、箸で魚をまさぐった。

エルンは小さく首を振り、立ちあがる。

「おれはもういい。ほかの奴らにやってくれ」

「ご飯とスープができたら、また声をかけます」

返事の代わりに軽くうなずくと、彼は来たときと同じように、音もなく立ち去った。

草地にはあちこちに天幕が張られ、火が焚かれている。茶を入れて一息ついている者もいれば、沸かした湯で防具や武器の脂汚れを拭っている者もいる。

「団長、トニのけがが思ったより軽そうなんだけど、仕事に戻していい？」

「本人がいいなら」

離れたところで交わされる会話を、聞くともなく聞いた。

「依頼主に、けがの具合を知らせておけ。そのぶん報酬を減らしたいと言ってくるだろうから、それも含めて本人の判断に任せる」

「了解」

(仕事の話なら、すごいしゃべる……)

さわさわとあちこちに人の気配があるこの本拠地を、空気のように漂い、問題の芽がないか見て回っている。これがここにいるときのエルンの過ごしかただ。とくに緊急の事態がないと見てとると、一番高い木にするすると登り、てっぺん近くの枝の上に腰を下ろしてくつろぎはじめる。

静かなところでゆっくりしたいのかとマヒロは思っていたのだが、どうやら逆らしい。

『あんな高さにいるけど、下での会話、全部聞こえてるんだぜ』

そうテッポが言っていた。

雑音に邪魔されず、人の声だけをすくい取るのにちょうどいい場所なんだろう。

傾いた日射しが、逆光となって木の上の姿を照らす。横顔のシルエットが、ふわっとあくびをしたように見え、マヒロは笑った。それから同じものを見ていた者がいないか、まわりを見回した。どうやらマヒロだけのようだった。

強く命令するでもなく、無理を強いるでもない。常に姿を見せていながら、威圧的でもない。野生動物みたいな印象とは対照的に、エルンは〝静〟のリーダーだ。

一度だけ小さな公演で座長を務めたことがあるマヒロは、集団の中心であることの負担を一時期ながら味わった。常に試され評価される、休みのないプレッシャー。

（エルンはいいリーダーだ）

そして、それは彼自身のすばらしい資質であり魅力だ。

出自なんかに関係なく。

渓流を挟んでにらみあっていた敵兵が放ったのは、まさかの火矢だった。

最初の一射が合図だったかのように、次々と矢が飛んでくる。だが、それはすべてマヒロたちの頭上を通過し、紅葉した木々に突き刺さった。かさついた木の葉に火が移る。

「火って……アホかー！　この時期に！」

テッポの青ざめように、マヒロも事態のまずさが理解できた。今は長い秋というべき季節で、空気は乾燥しており、風は強い。この山ひとつくらい、すぐに燃えてしまうだろう。

矢の嵐が落ち着くやいなや、怒号とともに兵士――てんでばらばらの装備から察するに、おそらく全員が傭兵――が川を渡りはじめた。

エタナ・クラン、ほぼ総出の案件である。マヒロが加入してから、もっとも大きな仕事だった。地方貴族の親子げんかに駆り出され、陣地の取りあいだ。

「各班、半数は消火にあたれ！　残りは川岸まで出て応戦だ」

「河川敷まで下りるなよ、上から狙い撃ちされるぞ！」

ライノとテッポが素早く指示を出す。マヒロは即座に消火に回ろうと判断した。班のメンバーの戦力を考えたら当然だからだ。手の届く範囲にある燃えている葉を、枝ごと斬り落とす。火を広げないようにするには、ひとまずこうするしかない。

「マヒロ、そっちに行った！」

背後でテッポが怒鳴った。振り返ると、敵のひとりが防衛線を突破したところだった。

目が合ってしまった。

細い身体に長い手足を持った、敏捷そうな男だ。マヒロを確認するなり小弓をつがえ、矢じりをひたりとマヒロの胸に向けた。

（あっ……）

やばい。

マヒロの手には剣しかなかった。この距離では応戦できない。逃げるしかない。だけど背中を向けた瞬間に射られるだろう。手近な木の陰に飛びこむ？　いや、矢が身体を貫くほうが速い。

一瞬の迷いがマヒロの動きを止めた。男の右手が、引き絞った弦を放す様子が、スローモーションのように見える。

「伏せろ！」

突如、頭上から聞きなれた声が聞こえた。

考える前に、反射で動いた。地面に腹ばいになったマヒロの上を矢が走り抜け、はるか後方に飛んでいく。眼前に迫っていた男が、突然もんどりうって転がった。上から降ってきたなにかに弾き飛ばされたのだ。その〝なにか〟は男ともつれあいながら地面の上を何度か転がり、ほぐれたときには馬乗りの体勢を手に入れていた。

暴れる男を平然と組み伏せ、エルンが右手のクローを男の喉に押しあてる。忌々しげに男が顔をゆがめた。

「出やがったな、『ヤマネコ』！」

「光栄に思え」

銀色の光が線になってひらめいた。男の頭が、がくっと落ちる。

鮮やかだ。マヒロは感嘆しながら起きあがった。

「すみませんでした」

「ついてこい。お前の技がいる」

「え？」

聞き返したときには、エルンはもう木の上にいた。木から木へと飛び移るエルンを見失わないよう、男の身体を飛び越えて追いかける。

男は白目をむいて気絶していた。斬られた本人も気づかないほど素早く爪を裏返し、斬ったふりをしたのだ。いわゆる峰打ちだ。〝斬られた〟と思わせて失神させる、いわば演技力で倒す技。エルンは達人だ。エタナ・クランがひそかに掲げる〝不殺〟の信条を知っているマヒロでさえ、ぎくっとするほど真に迫った〝殺意〟だった。

男の喉に、クローの背の痕がくっきりついている。おそらく火傷しているだろう、目が覚めたら相当痛むはずだ。そして頭上の木々から、燃えかすとなった葉がはらはらと降り注ぎ、男の身体のあちこちに焦げ目をつくっている。少し気の毒になった。

やがて渓流に面した崖の上に出た。登ってくる敵と真っ向からぶつかっている最前線だ。テッポとライノの背中が見えた瞬間、エルンが弾丸のように木から飛び出してきて、テッポの肩を叩いた。

「来い、大将を撃つぞ」

「ほえ!?　見つけたのか？」

「ライノ、ここは任す！」

再び樹上の人となったエルンは九十度方向を変え、崖に沿って移動しはじめる。ライノはエルンに顔も向けず、「おう」とだけ答えた。

連れてこられたのは、崖から突き出した巨大な岩の上だった。崖が垂直に切り立っているうえに岩が〝返し〟の役割をしており、ここから登ろうとする敵はいない。

テッポとマヒロに身を隠すよう指示し、エルンも巨岩に張りついた。

「あの、八人組の兵がいる場所の、うしろの木陰だ」

言われた場所に目を凝らすが、木々に隠れてなにも見えない。だがエルンが、そこに敵将がいると言うなら、いるのだろう。

「お前の石なら届く。威嚇でいい」

「当てなくてもいいってことですか?」

「護衛の気を散らせばじゅうぶんだ。テッポ、指示してやれ」

「了解。威嚇なら、石はでかいほうがいい。投石紐《スリング》がいるな」

「持ってる。……あれ、エルンは?」

革を編んだ紐を腰から取り外す。気づいたらエルンの姿が消えていた。

「なんか考えてんだろ。さてと、距離はいいとして高低差が厄介だぜ。それと、ここだと感じないけど、渓流の真上は流れに沿って風が吹いてる。計算に入れろよ」

「わかった」

マヒロは周辺を探して、手のひらに余るくらいの石を五つ集める。威嚇というからには、相手に気づいてもらわなければ意味がない。仕損じたらすかさず次を投げる必要がある。

(たしかに微妙な高低差だな……)

エルンが指示した場所は、マヒロたちの足元よりも下にある。基本、自分と同じ高さよりも上に投げる練習しかしてこなかったマヒロは、目標を見つめ、乾いた唇を舐めた。

「どのくらいの速度で投げられる?」

「全力の……八割」

精度と速度はお互いを犠牲にする。

「おし。じゃあ軌道はそれなりに落ちてく。狙うのはあの、白い幹の木のウロだ」

マヒロはうなずいた。スリングに石をセットし、何度かゆっくり回しては紐の一端を放して、投げる感覚をつかむ。

「いけそうか？」

「うん」

「いつぜもいいぜ。ブレるなら上にだ。下に行ったら護衛に直撃だから」

一投目は予想どおり、上方にずれた。石は乾いた葉の茂みに音もなく消え、護衛は顔を上げもしない。そして微調整を加えた二投目が、狙った場所を直撃した。

（やった……！）

八人の護衛がいっせいに、石の飛びこんだ場所に顔を向ける。

そのときだった。

マヒロたちの足元、崖の中腹に、地面と水平に突き出た細い木がある。それがたわんだかと思うと、先端から黒い影が飛び出した。ほぼ直線を描いて対岸の崖の縁に到達し、岸壁に触れたと思った瞬間、目にもとまらぬ速さで木立に飛びこむ。

マヒロとテッポがぽかんと見守る中、黒い残像がひらめくたび、護衛が次々と倒れた。影は最後に、敵将がいると思われる茂みに突っこんで消える。

少しの沈黙のあと、渓谷全体に雄叫びが轟いた。

「うわっ……」

マヒロは思わず耳をふさいだ。うるさいからじゃない。まともに聞くと、鳥肌が立つような高揚感に襲われて、落ち着かなくなるからだ。

エルンが咆えて、勝利を知らせている。

声というより、空気の波だ。鼓膜を直接震わすような音。耳をふさいでも、手を貫通して聞こえてくる。エタナ・クランの団員が、共鳴するように勝ち鬨をあげた。

勝敗が決したことがわかると、戦場のだれもがすぐに戦闘をやめた。両軍とも雇われの傭兵で構成されており、この戦い自体に思い入れがあるわけではない。あたりに漂っているのは「はーやれやれ」「お互いお疲れさん」の空気だ。

「貢献したな、マヒロ」

テッポが差し出した手を、ぱちんと叩いて返す。

エタナ・クランに入団して、二か月が飛ぶように過ぎていた。

マヒロはようやく、自分が役に立ったと感じた。

「ほんとに行かないのかあ？」

ライノからの再三の念押しに、マヒロは「留守番してるよ」と苦笑した。

先日の大仕事を終え、本拠地に戻ってきて二日。金を受け取るために遅れて現地を発ったエルンとユーリャナも到着した夜。

たっぷり報酬をもらってほくほくの団員たちは、歓楽街にくり出すことにしたらしい。日ごろ猥談めいたものを口にしないテッポとユーリャナでさえ、いそいそと身づくろいをしている。

「ふたりも行くんだ」

「当然だろ。仕事はない、けがもない、金はある。こういう日ってなかなかないんだぞ」

「なじみの子に定期的に顔を見せに行くのも、礼儀のうちだよ」

「そうそう、男の作法ってやつ」

「そうなの？」

みんな大人だ。

こういうときの〝ぐり出す〟の意味が、女性の隣で酒を飲んで終わりじゃないことくらい知っている。大工として旅をしていたころも、所帯を持たない男たちは機会があればたびたびそういう場所に行き、マヒロのことも誘った。

一度目はよくわからずについていき、娼館の雰囲気にもしやと思い、簡素な寝床のある部屋に通された瞬間、女性に平謝りして逃げ出した。二度目からは誘い自体を丁重に断った。

ライノが「なあ」とテッポを小突く。かなりの身長差があるため、ライノのひじはテッポの側頭部を直撃した。

「痛って！」

「マヒロの奴、童貞なんじゃねえか？」

「オレに聞くなって。それと言ったろ、あいつは最近までの記憶がないんだよ」

「経験があったとしても忘れちまったってことか？　それ実質童貞じゃね？」

「聞こえてるんだけど」

好き勝手言われて、マヒロの声も低くなる。

ライノが励ますように、ばしばしとマヒロの肩を叩いた。

「気にすんな。もう一度はじめての経験ができると思えば、お得どころじゃねえだろ」

「わあ、それ、想像するとけっこううらやましいね」

「だろ？」

「その話、もういいから。早く行って」

浮かれた団員たちが行ってしまうと、広場ががらんとして見えた。ひとり残らず出かけてしまったらしい。

静まり返った草地のあちこちで、熾火が赤く光っている。マヒロは燃えやすいものが飛びこんだりしないよう、隅々まで見回りをした。ついでに携帯用の火種を交換しようと、ちょうどいい大きさの炭を箸でつまんで、陶製の小さな壺の中の炭と入れかえる。

腰袋に壺を戻したとき、服にいくつも穴が開いているのを見つけた。森で消火作業をしているときに焦げてできた穴が、洗濯で広がったのだ。

唯一炎を上げている大きな焚き火の近くに腰を下ろし、服を脱いで肌着姿になる。腰袋から小さな革のケースを取り出し、手ごろな長さの縫い針を選んだ。糸は手持ちがないので、ほつれた裾から取ることにした。

黙々と繕い物をしていると、劇団の稽古場を思い出す。衣装部はあったけれど、ちょっとした修繕は団員たちも自分でやった。マヒロは手先が器用だったので、ボタンつけやほつれ直しなど、よく頼まれたものだった。

ふと、目の前の焚き火以外にも強力な光源があることに気づいて、顔を上げる。恐ろしいほど明るい、真ん丸の月が天頂に達しようとしているところだった。

見渡せば、あたりも月光に照らされて、草の一本一本まではっきり見える。

月夜だ。

雲はないけれど、あまりに月が明るいせいで星はうっすらとしか見えない。それでも片側は山の稜線まで、もう片側は街並みがつくるでこぼこしたシルエットまで、冗談みたいに星が敷き詰められていることがわかる。

頭をぐるっと回し、天を全部見てみようとした。

真うしろに反らしたところで気がついた。背の高い木の上に、人影がある。

あんなところに登れるのは、エルンしかいない。マヒロは身体ごと振り返り、月光の中で、背中を丸めて座っている姿を眺めた。

エルンも月を見ているのか、顔を上に向けている。マヒロが注いでいる視線に、彼はもう気づいているだろうと、なんとなく感じた。

裁縫を一段落させて、再び服を身に着け、立ちあがった。

木のほうへ歩いていくと、エルンもこちらを見る。小ぶりの電柱ほどの高さの木だ。

「みんなと行かなかったんですか」

見あげて声をかけた。虫の声以外、ひっそりと静まり返っているので、大声を出さなくても届く。そもそもエルンが相手なら、どんな小声だろうと聞こえるだろうけれど。

フンと鼻を鳴らす音が聞こえた。

歓楽街には獣人も出入りできるとテッポから聞いたので、てっきりエルンも行ったものと思っていた。出入りできるというより、むしろ歓迎されたりもするらしい。

『なんで？』

素直に尋ねたマヒロに、テッポはニタニタといやらしい笑みを浮かべ、説明しかけたと思ったら急に真面目な顔に戻って、ウホンと咳払いをした。

『自分で想像しなさい』

おそらく、獣の特性が女性を喜ばせる場合もある、ということなんだろう。

(そのくらい、言ってくれてかまわないのに)

どうもここでは、幼く扱われることが多い。

エルンがだまっているので、マヒロは言葉を重ねた。

「留守番なら、おれがしてますよ」

「女と遊ぶ気分じゃない」

そっけない声を聞いて、不思議と気持ちが浮き立った。

「ですよね。おれも、そんな感じです」

実のところは、この世界で人と強い結びつきをつくる覚悟が、まだないのかもしれない。

大工時代にも、年ごろの娘からそれらしき秋波を送られたことはあった。健康で働き者のマヒロは、身元不明の流れ者であるという点を加味しても、恋の相手として不足はないようだった。しかしできるかぎり、そういう視線に気づかないふりをした。

潔癖ではないし、万が一のこと――たとえば子どもができるとか――を常に考えているほどまじめでもないけれど、相手に情が移ることを想像するだけで、なんだか恐ろしい。

男同士の仲間意識は頼もしく、心地いいけれども。

（女の子と、そういうことになるのは、今のおれには、ちょっと違う気がする……）

たとえ商売上の相手であっても、だ。

「あの、腹減ってませんか。飲みながら、夜食でも……」

そのとき、木の上のシルエットが、ひざを抱えてうずくまった。

「エルン？」

震えているように見える。具合が悪いのかもしれない。

慌てて周囲を見まわした。木登りに使えそうな梯子もなければ、手を借りられる人もいない。なんとか自力で登れるかも、と木の幹に足をかけたとき、真上にあるエルンの影がぐらりと揺れた。

そしてそのまま、マヒロの真横に落ちてきた。

（うわ――――!!）

まったく着地できていない。ただの落下だ。いつもみたいに空中で身をひるがえすこともなく、重たい荷物みたいに降ってきた。

「エルン！」

マヒロは青くなって地面に四つん這いになり、エルンの様子を確かめた。エルンは草むらに横たわり、呼び声にも反応しない。頭でも打っていたらと思うとむやみに動かせない。そっと肩を揺すってみる。むきだしの肩はぎょっとするほど熱かった。

「エルン、大丈夫ですか。どこか悪いんですか」

肌を汗で光らせ、両手で自分を抱えるようにしている。その口が、かすかに動いた。

「え？」

聞き取れなかったため、エルンの口元に耳を寄せる。

「なんですか？」

「さわるな」

「でも、どこか、けがとか」

「けがなんてしてない。さわるな」

つらそうにぎゅっと閉じられていた目が、いつの間にか開いている。金色の光ににらまれて、マヒロはすごすごと、エルンの身体に置いていた手をどけた。

エルンが大儀そうに身体を起こし、立ちあがる。たったそれだけの動きで、肩で息をしている。

やっぱりしんどいんじゃないか。

やがてエルンはゆっくりと歩きだした。

「休むなら寝床を用意します」

「そのへんで寝るからいい」

「なにか、おれにできることないですか」

「うるさい！」

怒鳴られて、マヒロはびくっとすくむ。同時に、これは非常事態かもしれないとも感じた。エルンが理由もなく声を荒げることなどなかったからだ。

「冷たい水、持っていきます」

「しつこい……」

心底鬱陶しそうな声を出し、エルンが振り向いた。マヒロをにらみつける視線が、ふと止まる。そして、はじめて出会いでもしたかのように、マヒロの頭からつま先までを、やけにじっくり見つめた。目つきにまじる熱っぽさのようなものに、マヒロは落ちつかない気持ちになる。

やがて、ふんと鼻を動かし、エルンは「なるほど」とつぶやいた。

「あの……」

「お前ならいいかもな」

「え？」

聞き返す声が口から出ないうちに、マヒロは胸ぐらをつかまれていた。

そのままぐいぐい押され、足をもつれさせながらうしろに進む。容赦ない力に、足が追いつかなくなり、あっと思ったときには茂みを突き抜け、落ち葉の吹き溜まりに背中から倒れこんでいた。

続いて同じ勢いでエルンが覆いかぶさってくる。落ち葉が砕けて降ってくるのを、マヒロは顔を振って払いのけた。

「エルン……エル、うわ⁉」

馬乗りになったエルンが、おもむろにマヒロのズボンの紐をほどきはじめた。出かける用事もなかったのでベルトもしておらず、厚手のシャツと、ズボンと肌着しか身に着けていない。必死でエルンの手をつかみ、やめさせようとしたが、肌着の紐もあっさりほどかれた。無防備になった腹を、エルンが乱暴になでる。その手のひらは燃えるように熱い。

マヒロは呆然として、自分の腹の上で動く手を見つめた。

（なにこれ……？）

自分はいったい、なにをされているんだ？

「あの……？」

金色の目がこちらを見る。気を抜いたら意識を持っていかれそうな目だ。

突然、目の前が真っ白になり、本当に持っていかれたのかと思った。ショートした脳が回復すると、今度は目の前の光景に愕然とする。

エルンの手がマヒロの下着の中にすべりこみ、マヒロ自身を握っているのだ。

「わっ……あ……？」

探るようになぞられ、一瞬で固くなる。あたり前だ、半年以上まともにかまってやっていない。暮らしのほとんどは屋根も壁もない場所で、常にだれかと一緒にいるような状態で、ひとりになる時間なんてなかった。

そこにいきなり、他人の手の感触。

衝撃が大きすぎて、やめさせるという発想も浮かばなかった。頭の中を疑問符でいっぱいにしながらも、ただただ与えられる刺激に反応し、震える。

「……あ……っ」

さわられて声出すとか、女の子かよ。

いや、これは出るだろ。男でも出るときは出るんだって。しょうがないよ。

脳内で自分同士が会話している。

喘ぎを噛み殺し、きつく閉じていた目を開けたとき、エルンがずっと自分の顔を見ていたことを知った。顔にどっと血がのぼって、思わず腕で隠す。月の光が物の色味を消しているので、たぶんエルンには、この赤面はばれていないだろうと思いつつも。

そんなマヒロの必死さに気づいているのかいないのか、エルンはにやりと笑った。

「思ったとおりだ、悪くない」

満足そうに舌なめずりをするさまは、まさに獣だ。口の中で、尖った上下の犬歯が光っている。

ふと、脚を押さえつけていた重さがなくなる。エルンが座る位置をずらし、マヒロの脚の間にひざをついたのだ。マヒロは本能的に、逃げようとずりあがった。が、阻止された。

エルンの長い指が、マヒロのズボンの布に食いこむ。そして無造作に前立てを割り開いた。ファスナーはもちろん、ボタンもない。ただ重なっているだけの構造だ。

それまでさわられてはいたものの、布の下に隠れていた下腹部が、月明かりの下にあっけなく晒される。羞恥心を感じるひまもなく、マヒロは悲鳴をあげそうになった。

ねっとりと熱いものが、マヒロ自身を這う。

エルンが舐めている。

(……あ……)

根本からゆっくりと、先端のほうまで。先端に行き着くと、ためらいなく口に含む。熱い口内と舌にねぶられ、マヒロは自分がどくんと脈打ち、張り詰めたのがわかった。

ブーツが力なく落ち葉を蹴る。息もできない。

エルンの長い前髪が臍の下をくすぐる。本人も邪魔に感じたのか、マヒロを咥えたまま、髪をかきあげた。エルンの顔があらわになり、マヒロの心はざわついた。伏せられた長いまつ毛と、凛々しい眉。整った鼻筋。お気に入りのおもちゃをしゃぶる動物みたいに、熱っぽく動く口と舌。

かきあげる指から、はらりとこぼれる黒髪。額を伝う汗のしずく。

あ、とマヒロは悟った。

(これ、見てちゃダメなやつだ)

手遅れだった。

こらえきれない衝動に背中を反らせ、全身を緊張させる。

一瞬の波が過ぎ去り、余韻にくらくらした。頭の中で血管がどくどくと脈打ち、全身から力が抜けて、自分の手足がどこにあるのか認識できない。

びっしょり汗をかきながら荒い息を吐く。白く弾け飛んだ視界が、だんだん戻ってくる。マヒロは自分がエルンの頭を押さえつけていたことに気づいてぎょっとした。

「すみません……！」

身体は正直だ。

エルンは頭を振ってマヒロの手を払いのけると、口から白い、ドロッとしたものを自分の手に吐きだした。しげしげと観察して言う。

「だいぶ久しぶりか」

男同士でよかった。女の子相手だったら、穴に入りたいほどの惨めさだ。

まだ耳の奥で心臓の音がしている。よく意識を手放さなかったと思うほどの強烈な快感だった。

「あの、すみません……いきなり……」

「なら、まだいけるな」

「え？」

手を舐めてきれいにすると、エルンは自分の腰のベルトに手をかけた。マヒロが見ている前でさっさと下衣を脱ぎ捨て、ついでに上も脱ぐ。

（うわっ……）

共同生活をしながらも、あまり目の当たりにすることのないエルンの裸体に、マヒロはまず男としての憧れを感じた。引き締まって浮き出た筋肉、長い手足、美しい骨格。

けれど、その裸体が再びのしかかってきたとき、あきらかに身体がうずいた。エルンはなにも言わず、マヒロの顔をのぞきこみながら、マヒロにまたがる。

（え……）

まさか。うそだろ。

こういう体勢に覚えがないわけじゃない。だけどそれは女の子が相手のときだ。

エルンが腰を落としていくと、マヒロの先端が〝そこ〟にあたったのがわかった。マヒロは思わず呻き、それから驚いた。自分が再び、〝そこ〟を押し広げるほどに固くなっていたからだ。

「エル……」

呼びかける声は、情けないほどうろたえている。

だって、まさか。

まさか。あのエルンが、こんな。

マヒロの動揺を読み取ったんだろう、エルンが首を伸ばし、マヒロの右目をべろりと舐めた。そしてくすくすと笑う。

「泣くほどいやそうには見えないが」

半泣きになっていたらしい。マヒロは慌てて目元を手で拭う。

それが合図になったみたいに、エルンが深く身を沈めた。

「あっ！　あ――……！」

もうなにがなんだか。

マヒロを包みこむエルンの内側は、とんでもなく熱く、きつく、柔らかく、ぬるついていて、もはや現実味がない。

「うぁっ……」

動かないで、と回らない舌で必死に訴えたが、「バカを言うな」と一蹴された。達したばかりのところを容赦なくこすりあげられ、地面に爪を立てて耐える。

声すら出なくなって喉を喘がせるマヒロを、エルンが満足そうに見おろしている。

汗で光る、なめらかな褐色の肌。口に入れたものの味を反すうしているみたいに舌がちらつく。

これがあの、戦場で猛々しく輝いていたエルン？

（やばい……）

気持ちよさを感じる回路が焼き切れそうで、マヒロは抗うのをやめた。

自分の呼吸の音に混ざるエルンのかすかな呻きが、マヒロを少し満足させる。それに耳を澄ましているうちに、意識がもうろうとしてきた。

ふと思考が、そもそもの話に立ち返る。

——なにこれ？

第三章

ネリオは、城都イソに続く大きな街道を中心に栄えた町で、日本の地方都市を思い出させた。すなわち主要部分にすべての機能が集まっており、少し中心を外れると、一気に家や畑、放牧地といったのんびりした景色に会える。

その街道を、マヒロはふらふらと歩いていた。

ゆうべの記憶がない。

正確に言うと、途中からない。

夜明け前の冷えこみに震えながら目を覚ますと、マヒロは草むらに横たわったままだった。

申し訳程度に服が直されており、下腹から腿のつけねにかけて、汚れを拭ったらしい痕跡があった。拭いきれなかったものが乾いて、動くと皮膚の上でぱりぱりと剥がれた。

朝になったら、遊びに出ていた団員たちが帰ってくる。

そのことに気づき、急いで身づくろいをして、自分の天幕に戻った。エルンの姿は見えなかったけれど、たぶんいつものように木の上で寝ているに違いない。

一度覚醒してしまうとなかなか寝つけず、寝床で輾転反側しているうちに朝帰り組が戻ってきてしまった。迎えに出たマヒロに、すっきりした顔つきの仲間たちから、口々に『お前も来ればよかったのにー』と上から目線の同情が降った。

いたたまれなくなり、買い出し役を買って出て、ひとりで市場まで来たのだ。

(ほんとに、なんだったんだ?)

ぼんやりと、秋の終わりの白っぽい空を見あげる。

獣人の特徴なのかもしれない。野性的というか、動物的なものを普段のエルンからも感じるから、発情期めいたものがあっても驚かない。いや、驚きはするが、そういうものかと受け入れられる。

だけど……

(『お前ならいいかも』って、なに!?)

買ったばかりの小麦を握りしめた。麻の袋がよじれてみりっと音を立てる。

なにを基準にそう思ったんだよ。おれ以外にどんな前例があったんだよ。いいってなんだよ。思いどおりにできそうってこと? 文句を言わなそうってこと?

エルンは自分の状態をわかっていた。ということは頻繁に……少なくとも定期的に、ああいう状況になるということだ。

(そのたびに見つけてたわけかよ……)

『ならいい』と思えるレベルの、だれかを。

「あれ、マヒロじゃないか」

耳に入ってきた声は、考え中のマヒロの脳を素通りした。

(『ならいい』って、どのレベル? 毎回、相手はどこで調達してたわけ? 女が見あたらなければ男でもいいとか、そういう感じ？　まさかクランの中にも、ほかに――……）

「ねえ、マヒロだよね？」

「わあ！」

だしぬけに肩を叩かれ、マヒロは大声を出した。

振り返ると、白に近いブロンドの髪を揺らした、長身の男が笑っている。

「なんだい、今の声」

「店主さん……！」

前に滞在していた町の、酒場のマスターだ。こんなところで再会するとは。

「縁があるね」

彼はマヒロと歩調を合わせ、顔をのぞきこんだ。

「ですね、本当に」

「なにかあったの？　悩んでる顔してたけど」

「いや、あはは、たいしたことじゃ……え、悩ん……？」

そんな顔をしていたのか？

腹を立てているつもりだったのに。そういえば、なにに腹を立てていたんだろう。

「おや、また悩んじゃった」

「悩んでないです。店主さんは、ここへは仕事で？」

「アルマスっていう名前が、一応あるんだ。店主さんは卒業してほしいな」

「じゃあ、アルマスさん」

「アルマスでいいよ。わたしは今、この町のパブを任されてる。また来てね」

「へえ！」

小さな町からネリオへ出てきたということは、栄転だ。マヒロは弾んだ声で「もちろん行く」と何度もうなずいた。

「マヒロは？　元気そうで安心したよ」

「教えてもらった傭兵団に、無事雇ってもらえたよ。あの、お礼が遅れたけど、あのとき情報をくれてありがとう。すごく助かった」

「どういたしまして。エタナ・クランだよね。町にいると評判が耳に入ってくる。団長がたいした男だってうわさだね」

「団長……」

まぶたの裏に、昨夜のエルンの嬌態がよみがえり、思わずごくんと唾を飲み込む。

たいした男だとマヒロも思っていた。けれど普段あれほど男らしく、ストイックなエルンが、マヒロの前で、文字どおり獣のように身体をしならせ、歓喜の舌なめずりをしていた。

あの暗闇で光る不思議な瞳が、興奮に細められるのを見た。汗ばんだ肌と、濡れた唇からちらちらのぞく白い牙と、荒い息。

高まるたび、マヒロの胸元をきつくつかむ、長い爪――……

「また悩んでる？」

「うわぁ！」

アルマスの声が、再びマヒロを現実に引き戻した。気づけばまた小麦の袋を握りしめている。マヒロは袋を抱き直し、粗い織り目の痕がついた手をこすりあわせた。

「どうしたの？」

「ううん、なんでも」

「それ、もしかしてひいてもらいに行くところ？　わたしの店にひきたての粉があるから、交換してあげようか」

「ほんと？」

ありがたい提案に、一も二もなく飛びついた。小麦はひいて粉にすると虫が湧きやすくなるので、すぐに使いきれるぶんだけひく。だけ、といっても大所帯ともなるとそれなりの量になるから、いつも水車小屋に持ちこんでひいてもらうのだ。

「わたしの店もこの先なんだよ」

「すごい助かる。待ってる間、することがなくて困ってたから」

返事をしようと口を開いたアルマスが、ふとなにかに目を留めて顔を曇らせた。視線の先を追って、マヒロはあっと声をあげそうになった。

道の前方から、荷車に山のように服を積んだ男が歩いてくる。古着の行商だろう。でっぷりと太り、深紅の短いマントをつけた姿は羽振りがよさそうだ。手には太い鎖が握られ、その鎖の先は、荷車を引く少年の首輪につながっている。

うつむいて歩く少年の頭には、ヤギのようにうねった角が生えていた。

アルマスは、すたすたとそちらへ近づいていく。そして懐から小さな布袋を取り出し、マントの男の目の前に差し出した。

「その子にまともなものを食べさせてやりなさい。それから暖かい服も」

マントの男は、肉厚のまぶたの下で小さな目を輝かせ、布袋に手を伸ばした。男の指が袋をつまんでも、アルマスは手を離さない。

「この金はあなたにあげるのではないよ。妙な使いかたをしたら、必ずわたしの耳に入るからね」

「承知しましたよ、旦那」

きつく視線を絡ませてから、ようやくアルマスは金を渡した。

すれ違うとき、マヒロは獣人の少年の様子を観察せずにはいられなかった。木枯らしが吹いているというのに、木綿の上下を着ているのみで、しかも素足だ。思わぬ収入を手にして、主人の機嫌がよくなったのを察したのか、ほっと肩の力を抜いたようにも見える。

お礼を言うみたいに、マヒロたちに向けた顔はまだ丸っこくて幼く、ふさふさしたまつ毛に縁どられた瞳は、眠っているような印象を与えた。

その印象の正体に気づいたのは、通りすぎてからだった。

(わかった、瞳孔が横長なんだ)

「この藩は、古い習慣が残ってるね」

アルマスがため息をつく。

「さっきみたいな子って、多いの？　おれ、今まで全然気づかなかった……」

「あそこまで露骨なのは、さすがにもう珍しいんじゃないかな。やっぱりそういうことも、覚えてないものなんだ？」

「そうみたい」

マヒロはあいまいに答えた。

「まあ、今の子はたまたま獣人だったけど、そうじゃなくても貧しくて、奴隷みたいな扱いを受けてる人間はいる。罰する法律がないかぎり、結局は変わらないのかな」

「法律って、藩ごとにそんなに違うものなの」

「違うよ。ここの藩主さまは、かなり保守的だね」

へえ……とマヒロは、いつになく硬い表情のアルマスを見あげた。

この国は七つの藩でできているらしい。藩というのは、その下にあるのが町や村であることを考えれば、日本でいう県にあたるように思えるが、規模としてはほぼ〝国〟に近いとマヒロは感じていた。藩ごとにかなり文化が違い、藩をまたいだ人の移動はほとんどない。

藩の長である『藩主』の姿を市民が直接拝める機会もまずないと聞く。藩同士を仕切る藩境の警備は厳しく、関所が厳格に人の出入りを管理していて、通行手形がなければ通れない。通行手形は一部の特権階級か、実績のある商人などにしか発行されない。

ほんの二世代前まで国内が荒れており、藩同士で激しい戦争をしていた名残だと聞いた。

「アルマスは、ほかの藩を見たことがあるんだ？」

「まあね」

肩をすくめる仕草を見て、この男は印象よりも、いろいろな経験をしてきているのかもしれないとマヒロは思った。

そうだ。

「獣人について、詳しい？」

「詳しい……って、どういうふうに？　一般的に知られてることは知ってると思うけど」

「気になることがあって。あの、獣人って、……ええと……夜、というか、えーっと」

表現に困ってしどろもどろになってしまう。どう聞いたらいいものか。

「いわゆる、夫婦生活……ふ、夫婦生活？」

大人なアルマスは、マヒロの言いたいことを察したらしい。色の薄い瞳をきらめかせた。

「獣人の恋人でもできた？」

「こ、恋人ではない。ではないよ」

「じゃあ、〝仲よく〟なった子が獣人だったんだ」

マヒロはざっと考えをめぐらし、「近い」とうなずく。アルマスは声を立てて笑った。

「なにも知らなかったなら、それはびっくりしただろうね」

「やっぱり、違うものなの？　体質的にっていうか」

「あくまで平均的に、の話だよ。男も女も激しいとは言われてる。逆に、その気がないときは近寄りもしないとか」

「激しいって、見境なくなるくらい？」

アルマスは、奇妙なものを見るような顔つきでマヒロを見返す。

「発情自体が突然で強いのは、特徴のひとつだけど……相手や方法を選ばないくらいっていう意味なら、個人差としか言えないなあ。いったいどんな体験をしたの、マヒロ」

うっ……

言葉に詰まったマヒロに、アルマスは優しく微笑みかけた。

「気になることがあるなら、本人に聞いたらいいのに」

「機会があれば、そうしたいところなんだけど」

「あんまり話してくれなそう？」

「うん……うーん」

どうだろう。聞けばあっさり教えてくれるかもしれない。とはいえ、あまり本人の口から聞きたい話でもない。

「まだそこまで心を開いてもらえてない気がする」

「向こうからしてみたら、身体を許したってだけで、じゅうぶん開いてると思うけどね」

「手近なところにいたのが、おれだっただけかもしれないし」

「そういう感じの子なの？」

子、といえるようなかわいらしい相手だったらどんなによかったか。昨夜の、暴力的なまでの快感と、ほぼ一方的に貪られた理不尽さがよみがえり、頭にかっと血が上る。

さらに失神同然で寝入ったまま、朝まで放置されていた情けなさを思い出した。

あー、もう！

「それがわかんないから悩んでるんだって！」

「やっぱり悩んでた。若い子はいろいろあるね」

おじさんのようなことを言いながら、アルマスはマヒロの肩をポンポンと叩いた。


「お前、変な臭いがする」

本拠地に戻ったマヒロに、エルンが開口一番放った言葉がこれだった。

マヒロは慌てて自分の服を引っ張り、あちこち嗅いでみる。街道の土埃や雑踏の気配はするものの、とくにおかしな点は感じない。

（というか、もしおれから異臭がするとしたら、あなたのせいじゃないんですかねえ？）

入浴も洗濯もそうたびたびはできない環境で、好き放題人を汚しやがって。

歯ぎしりしたいようなマヒロの内心になど興味もないらしく、エルンはあからさまに眉をひそめ、あとずさっていく。ゆうべ以来、はじめて顔を合わせたというのに。

（なのに……）

そんな態度って、ないだろう。

ひっそり傷ついた。じゃあどんな態度を期待していたのかと言われると、わからないが。

そのとき、草地の一角から人の声が聞こえた。人だかりができており、なにやらにぎやかだ。

「あそこ、なにかあったんですか？」

「入団希望者だ」

「募集してました？」

エルンが腕組みし、数人の集団を見つめる。

「先日の、渓流でやりあった相手のひとりだ。お前も顔を覚えてるんじゃないか」

「へえ……」

マヒロもそちらを見るふりをして、隣に立つエルンを横目で盗み見た。身長差のせいでわずかに見おろす格好になり、長いまつげがはっきりとわかる。

いつもと変わらない、クールで静かな団長だ。

『発情自体が突然で強いのは、特徴のひとつだけど』

ゆうべのエルンには、まさに〝発情〟という表現がしっくりくる。本人も持て余すほどの、激しく突発的な欲情の爆発。

（発作みたいなものと思って、忘れろってことかな……）

エルンのこの態度は、つまりそういうことに違いない。そう思うと、気が楽になった気もする。ただし深く考えたら、より憂鬱になりそうな気もする。

「あーっ、見っけ！」

人だかりが割れて、中から男が飛び出してきた。マヒロを指さし、吊り目を輝かせている。

「え？」

おれ？

ぽかんとするマヒロのところに、吊り目が駆け寄ってくる。身長はマヒロと同じくらいだが、ひょろっとしていてひらひら動き、いかにも身軽そうだ。

あっと気がついた。

「おれを矢で射ろうとした人！」

「そっ。あのときはごめんねー」

見た目も軽そうだが、謝罪も軽い。

「でもほら、お互いさまってことで」

男は首に巻いているバンダナを、くいっと指で下げた。皮膚が筋状に引きつれている。エルンのクローの痕だ。まだ赤い皮膚が生々しく光っていて痛々しい。

「おれはネウリッキ。あんたは？」

「マヒロ」

「ねーマヒロ、おれ、ここに入りたいんだよね。おれを推薦してよ」

「ええ……」

猫なで声を出すネウリッキに、マヒロはうろたえた。いきなりそんなことを言われても。

「なんでそんなに入りたいの？」

「そりゃー条件がいいからさ。生活が安定してるって最高だよ」

「その代わり、団の規則も守るんだぜ？　できんのか？」

とげのある声が割って入った。テッポだ。一緒にいるユーリャナは、いかにも見物に来たという感じで、一歩引いて微笑んでいる。

「もちろんできるよー。どんな規則なのか知らないけど」

「そういう適当なところがうさんくせーんだよ！　お前、あの戦場で火矢を使ったひとりだよな？　あんな燃え広がりやすい状況で、いくら命令とはいえ実行するなんて頭がどうかしてる。そんな奴を仲間にするのはごめんだね」

「おれらも葛藤の末だったんだって」

「ぜってーうそだろ！」

これは簡単にはまとまりそうにない。マヒロはそっとユーリャナに尋ねた。

「こういうことって、よくあるの？」

「仕事で戦った相手が入団してくること？　あるよ。今の団員の半分くらいはそれで増えたんじゃないかな？」

「そんなに！」

「戦うとわかるんだよね。相手の傭兵たち、統制取れてるなとか、いいもの食べてそうだなとか。それで気になったら調べて、うちの情報にたどりつく。雇われて戦ってるだけだから、個人的な恨みがあるわけじゃないし」

「なるほど……」

納得してから、はたと思いあたった。

「もしかして、〝不殺〟の決まりって、そのため？」

「も、あるね」

ユーリャナがにっこりする。

「戦える人材っていうのは、資源だから」

「よくできてるなあ」

あらためて感心した、エタナ・クランの仕組みはよくできている。

入団してから知ったマヒロだが、この世界で傭兵団という組織はあたり前ではないらしい。というかエタナ・クランが唯一といっていいほど珍しい形態なのだそうだ。

エルンの発案で、テッポとユーリャナが構想に加わって立ちあげ、約二年をかけて今の規模まで成長させた。そして順調に運営されている。

（なかなかできないよなあ）

組織をつくるだけなら、一時的な熱狂でどうにかなる。だけど機能を維持しながら運営するというのは、ものすごい行動力と胆力が必要だ。

（劇団の主宰さん、ほんと大変そうだったもんな）

演劇という点でしかつながりのない人間を集め、同じ方向に向かって歩かせる苦労は、はたから見ていてもわかるほどだった。

ふいに、テッポと言い争っていたネウリッキが、「あー！」と再びマヒロを指さした。

「え、また？」

と思ったが、違った。指さされたのは、マヒロのうしろにいたユーリャナだ。

「あんた、あの渓流に毒を流した奴だろ。上流に向かってくのを見たぞ！」

指さしたまま、ずいずいとユーリャナに寄っていく。ユーリャナは鼻を突かれそうな距離にある人差し指にも怯まず、微笑みを浮かべてネウリッキを見つめ返した。

「お互い全力を尽くした戦いだったね」

「なにをぬけぬけと！　おれのダチは水中にいたからまともに毒を浴びちまって、いまだに寝こんでる。今日だって元気なら一緒に来るはずだったんだ！」

「本当？　それはお気の毒だなあ。たまに効きすぎる人がいるんだよね」

つまり、本当に毒を流したってことか……

たしかにあの戦いで、ユーリャナの姿は見なかった。後方を護っているか、渓流沿いで戦っているかだと思っていたのに……。これがテッポの言っていた、ユーリャナの戦いかたか。

「予想よりしぶとかったから。これ以上渡ってこないようにと思って」

「なるほど、あんたが『ヘビ』だな？」

「ぼく、昔からそういうあだ名をつけられがちなんだよね。ちなみにあの毒はドワーフアップルから採ったものだよ。マランタの根が解毒剤になる。持ってないなら売ってあげるけど」

「今さらかよ！」

悪態をつきつつも、ネウリッキは素直に腰袋から財布を取り出した。なんとなく、悪い奴ではなさそうな気がする。

「団長、どーする、こいつ、入れる？」

テッポの声に、とくに興味なさそうにやりとりを見ていたエルンが肩をすくめた。

「考えてる」

「おれめっちゃ使えるよー。弓だけじゃなくてダガーもいけるし」

「オレと丸かぶりじゃねーかよ、却下！」

「あとは、えーっと、最近ずっとイソの都で仕事してたから、最新情報も持ってるよ」

エルンがぴくりと反応した。

イソの都は、藩主の城を見あげるようにして広がる城下町だ。藩で最も栄えている都市で、いわば首都にあたる。

「おっ、なんか知りたいことがある感じ？」

「近々『遷主』があるというのは本当か？」

そうエルンが問うと、団員たちが一様にざわついた。マヒロには理由がわからない。『遷主』という聞きなれない言葉に意味があるのだろうけれど。

ネウリッキがにいっと口の端を上げる。そうするとますます狐に似てくる。

「さすが団長さん、よく知ってるね。うん、本当っぽいよ。警護のためにフィアナの拡充を計画してるって話が、おれのいた当時から出まわってた」

「進んでるという話は聞かないが」

「そりゃ募集したところで集まらないでしょー、毎度のことだよ。いいとこの坊ちゃまがお輿を守って山道を歩くなんて、いやに決まってるよね」

肩をすくめたネウリッキに対し、エルンは瞳をきらめかせる。

「だがおれたちは、そんなの苦にならない」

一同が再びざわめいた。しかし今度のどよめきは、エルンの発言の真意をはかりかねてのものだとマヒロは感じた。まあ、時が来ればエルン自ら説明するだろう。

エルンの食いつきに手ごたえを感じたらしく、ネウリッキが飛び跳ねる。

「なあっ、有用な情報だっただろ。おれ、合格ってことでいい？」

「いや」

エルンは冷静に、すっと人差し指を突きつける。

「これから食事の支度をする。お前はなにも手伝わなくていいから、そ、こ、に、い、ろ」

（あー、これ……）

マヒロは懐かしく思い返した。エルンの言葉が合図になったように、クランの面々が素知らぬ顔で、「朝飯だ、朝飯」と各々の持ち場へ散らばっていく。

ネウリッキはきょとんとしながらも、「りょーかい」とその場にすとんと腰を下ろし、目の前を行き来する団員たちを眺めていた。

そして三時間後に、エタナ・クランの新たな一員となった。

ネウリッキの放った矢が、茂みに突き刺さる。

呻き声をあげて、茂みの中から男が転がり出てきた。マヒロはすかさず男の手から木箱を奪い返し、荷車に戻す。大事なクライアントの荷物だ。中身はおそらく宝石だろう。

「まずいところにあたってなかった？」

荷台で弓をかまえていたネウリッキが、マヒロに尋ねる。

このひと月で、もう三回は一緒に仕事をしただろうか。ネウリッキの弓の腕は確かだった。大小の弓を自在に使い分け、あらゆる距離の的にあててみせる。

「大丈夫、足だった。でも貫通してたよ」

「ありゃ。もう少し軽い弓にするかなあ。不殺ってのも加減が難しいねー？」

「矢の先っぽを丸めたら？」

「それ、ある意味、鋭利なやつより凶悪な武器ですから」

「マヒロ、ネウリッキ！　余裕こいてんじゃねーよ、またそっち狙われてんぞ！」

テッポの怒鳴り声に、ネウリッキが急いで矢をつがえる。荷車の隊列にこそこそ近づこうとしていた盗賊は、マヒロの投石を眉間にくらい、よろめきながら逃げていった。

「あーっ、きりがねえー！」

苛立ったテッポの声が、山道に響いた。

左右を山に挟まれた一本道。エタナ・クランから十二人が選抜されて護衛の任についているのは、結納品を運ぶ行列だ。雇用主である新婦の父親は、これみよがしに豪華な結納品を用意したわりに護衛をケチり、しかもそのことを周囲に漏らしたため、盗賊のいい餌食になってしまった。

こっちの盗賊を追い払っているうちにあっちの盗賊が荷車をかっぱらうといった具合で、とにかく圧倒的に手が足りず、てんやわんやの道中なのである。

今もまさに、最後尾の荷車が丸ごと奪われたところだ。エルンが木の上から叫ぶ。

「ライノ、壊せ！」

「おうよ！」

ライノは振るっていた大剣を槍のように構え直し、ぶん投げた。

分厚い鉄板は、左右から張り出した木の枝を折りながらまっすぐに飛び、ふたりの盗賊が牽く荷車の、車輪のひとつを粉砕した。荷車が傾き、荷崩れが起こる。

盗賊は荷車をあきらめ、逃げ出した。しかしついでに絹や宝石など、小さな品物をかすめ取っていくことも忘れない。

エルンが木の枝からひらりと身を躍らせた。ライノのたくましい背中を、ブーツの底が蹴る。高々と跳躍したエルンが放ったダガーは、弾丸のようにふたりの盗賊めがけて飛んでいき、狙いすましたかのように、それぞれの尻を直撃した。

彼らはぎゃっと悲鳴をあげ、盗品を投げ捨てて走り去った。


「団長さん、なんでも扱えるねー」

やっとのことで新郎の家に結納品を送り届け、本拠地への帰路の途中。街道から少し引っこんだ草地に野営を張って、エタナ・クランは食事の最中だ。

いくつかの班に分かれて焚き火を囲む中、ネウリッキが酒の入ったカップを持ってマヒロたちの火の輪に入ってきた。エルンの横に隙間を見つけてちゃっかり腰を下ろす。

干し肉をかじっていたエルンは、カップをぶつけて乾杯に応じた。

「苦手なエモノとか、ないんです？」

「しいていえば、弓だな」

「どういうところが？」

「間接的すぎて、まだるっこしい」

「なるほどー。おれ、ダガーも得意なんて言って入れてもらったけど、団長さんのほうが精度高いかも。そーいうの、教えてよー。恥ずかしいじゃん」

最後の言葉はマヒロに向けられたものだ。エルンの対面にいたマヒロは、「えっ、ごめん」とよくわからないまま謝る。そこへ、用を足しに行っていたテッポが戻ってきた。

「新入り、そこはオレの席だ」

足でぞんざいにネウリッキをどかし、エルンとの間に身体をねじこむ。ネウリッキは素直に場所を譲り、マヒロのほうへ寄ってきた。

「いい加減リッキって呼んでよ」

「うるせーよ、うちの団長と張りあおうなんて百年はえーし」

「おれと張りあってるの、キミだよね？」

「そういうのがうるせーっつってんの！」

仕事が終わった解放感から、あちこちでゆるんだ笑い声が上がる。

そこに毛色の違う声が割りこんだ。

「エルネスティという者がここにいると聞いたが」

かっちりした旅装の青年だ。街道のほうからやってきて、マヒロたちを見回している。

育ちのいい警察官みたいな雰囲気の人だな、とマヒロは思った。どこを見てそう感じたのかは、よくわからない。

エルンが片手をあげた。

「ここだ」

青年は声のしたほうを見て、あからさまな嫌悪を顔に浮かべた。エルンが自分のほうへやってくるのを待っているのか、じっとその場に佇んでいる。しかしエルンは食事中だ。

これ見よがしにため息をつき、青年は自らエルンのところまでやってきた。マントの中に手を入れ、円筒形の筒を取り出す。そして中に入っていた羊皮紙をエルンに差し出した。

「主家の紋章じゃん」

テッポが小声でつぶやく。

干し肉を口にくわえたエルンは、座ったまま羊皮紙を受け取った。青年は野営地を一瞥すると、汚らわしいとばかりに顔をしかめ、踵を返して闇の中へと消えた。足音までもが潔癖だ。

「袖にも主家の紋章をつけてた。たぶんフィアナの下っ端だな」

「フィアナってなに？」

「藩主直属の近衛隊のことだよ。いいとこの坊ちゃんたちで構成されてる。まさに今来た兄ちゃんみたいな、桃色のツルツルほっぺのさ」

「ああ……！」

種類の違う人間だと感じた理由に思い至った。〝そろえる〟訓練を受けている動きだったのだ。警察官というより軍人だ。そしてやはり、いい育ちらしい。

「そのフィアナが、エルンになにを……」

突然、エルンが勢いよく立ちあがった。

みんなが驚いて見守る中、封蝋を解いた羊皮紙を握りしめ、高らかに宣言する。

「目的地を変える！」

突然のことに、野営地がざわめいた。

「本拠地には戻らない。おれたちはこれからイソへ向かう！」

「イソ？　なんでだよ、新しい仕事か？」

眉をひそめるライノに、エルンは時間の無駄だとばかり、羊皮紙を見せた。読み書きの苦手なライノは顔をしかめ、おとなしくなる。エルンは続けた。

「エタナ・クラン全員でフィアナに合流し、遷主の警備歩兵として訓練に参加する」

ざわついていた野営地が、しん、と静まり返り、それから歓声が沸き起こった。まるで怒号のような歓声をあげる仲間たちを、マヒロはぽかんとして見守る。

「ばかでけえ仕事だ！」

「半年は食うに困らねえぞ！」

「おれたちが藩主さまの護衛だって⁉」

あまりの熱気に圧倒され、わけがわからない。気づいたらテッポに両手を取られ、立ちあがって踊っていた。まわりも同じような浮かれぶりだ。

「もっと喜べよ、マヒロ！　デカい、そこそこ危険でおもしろい、ハクがつく。三拍子揃った仕事だぜ。傭兵集団の快挙だ！」

「あの……今さらなんだけど、遷主ってなに？」

「出た、なんも覚えてねー奴！」

「なにかの行事？」

「平たく言うと、藩主のすげ替えだよ。だいたい十年にいっぺんくらいか？　国王さまがお触れを出して、国内の藩主を入れ替えるんだ。どこの藩主が新しく来るかは市民には知らされない。まーだいたいうわさで漏れるんだけどな」

「なんのためにそんなことを？」

「領地との癒着や、あとは藩主自身が力を持ちすぎるのを防ぐためだな。遷主に伴う費用は藩主持ちだ。人や物の移動、輸送、それなりに金がかかる。これをくり返す限り、藩主は強大な財力や人脈を持つことはかなわないってわけ」

どこかで聞いた話だなとマヒロは考え、参勤交代と、管理職の異動を合わせたようなものだなと理解した。こんな素朴な世界に、洗練されたシステムが存在するものだ。

「具体的には、どうやるの？」

「中間地点まで藩主を連れていって交換する。このとき藩主の私財も一緒に移動させるから、めちゃくちゃ厳重に護衛をするんだよ。もちろん藩主自身も狙われる。交換の瞬間を狙って暗殺された藩主とか、ちょいちょいいるからな」

「案外物騒なんだ……」

「だからどの藩も、最高の警備をつけて守るわけ。〝交換〟の場所や日時は極秘。人生でそう何度も起こらないし、一般市民は見ることもどだい無理な一大行事だぜ！」

常に陽気なテッポだが、ここまで舞いあがっているのははじめて見る。マヒロは首をめぐらせ、エルンの姿を探した。お祭り騒ぎから少し引いた場所に彼はいた。酒の入ったカップを手に佇み、浮かれ騒ぐ仲間を静かに見守っている。

足元の炎が、褐色の肌をオレンジ色に染めている。瞳は金色に燃えあがり、平静な表情の中に白い牙がのぞいている。舌先が、ちらりとそれを舐めたとき、マヒロは気がついた。

エルンも高揚しているのだ。

それがわかると、ようやくマヒロも興奮してきた。

「敬礼！」

城都イソを足元に見おろす、小高い丘に建つ藩主の城。その城郭内の一角。

抜けるような青空に、白と深い青に染められた旗が翻っている。

広場には日射しを遮るものがなにひとつない。マヒロはぼんやり立っているうちに、学校の運動会を思い出していた。石灰の混ざった白い砂の地面と、埃っぽい空気。

敬礼、と号令はかかったものの、マヒロのまわりではだれも敬礼などしていない。エタナ・クランには〝並ぶ〟という概念すらないのだ。当然ながら列も形成されていない。

薄汚れた身なりに、装備もてんでんばらばら。統一感のまったくない集団の隣には、フィアナの二個中隊が整然と並んでいる。一糸乱れぬ角度で、そろえた指先をこめかみにあて、直立不動。身にまとっている白金色の鎧はピカピカに磨かれ、反射した日光が目を射る。

「まっぶし……」

テッポが目をすがめているのは嫌みではない。そうでもしないとフィアナを直視できないのだ。

「なおれ！」

まるでひとつの生命体であるかのように、全員が同時に腕を下ろした。体育の授業みたいだな、とマヒロは懐かしく思った。

「鳥の群れかよ」

「暖かい日でよかったね」

ユーリャナがのんびりと言う。マヒロたちとは久しぶりの合流だった。ネウリッキが加入して以来、ユーリャナはクランとほぼ別行動をとっていたのだ。その理由もやっとわかった。

「この仕事、ユーリャが根回ししたって聞いたよ。すごいなあ」

「ありがとう。首尾よくいって、ぼくもほっとしてる」

姿を見ない間、単独でロビーイング作戦を実行していたらしい。

遷主にあたって、フィアナの下で働く警護要員の募集があるのは常である。望まれているのは貴族、もしくは中流階級以上の家庭の子息だが、名誉と労力をはかりにかけた結果、応募する者はまずいない。そこで傭兵にも声がかかる。渋々ながらひとりひとり面接して採用を決めるのは藩の役人であり、時間も神経も使う。そこでエルンはユーリャナを使い、うわさを流した。

『傭兵団をひとつ丸ごと雇ってしまえば、そんな手間は不要。最近いい仕事をすることで評判の、エタナ・クランという傭兵団がある』

無論、うわさは藩の要人まで届かないと意味がない。それを届けたのがユーリャナだった。

「ユーリャは上流階級の振る舞いもできるからな。こういう仕事にはうってつけだ」

自分のことのようにテッポが胸を張る。マヒロは感心した。

「すごいね、どこで身につけたの？」

「ふふ、どこでだったかな」

どうやら教える気はないらしい。

「気の長い作戦だったよね？」

「実のところ、ネウリッキがくれた情報と人脈の質がよくて、思った以上にすんなりいったんだ。すぐに藩の人間がぼくを探してるっていう話が耳に入った」

「へえ」

「情報が早かったのもよかったんだよ。大々的に傭兵の募集を始める前に、ぼくらの存在を知らせることができた。ネウリッキさまさまだね」

「それ本人に言うなよ、ぜってー調子乗るから」

当のネウリッキは、少し離れたところにぼんやり立っている。いつも細い目がますます細くなっている。まぶしいもんな、と共感しかけたとき、その首がカクッと前に落ちた。

「立ったまま寝てる……」

「最後まであの調子だったら、あいつ置いてこっそり帰ろうぜ」

テッポが冷たく言った。

「諸君！　こたびの栄えある任務を賜った幸運な戦士たちよ！　本日より遷主に向けての訓練をはじめる。各人励み、命を賭して藩主をお守りする志を鍛えよ！」

フィアナの隊長と思われる人物が、壇上で決起宣言のようなものをした。髭をたくわえた三十代なかばと見られる男性で、隊員と同じ白い鎧を身に着けている。フィアナたちが栄誉に瞳を輝かせているのに対し、エタナ・クランの面々は白けた態度を隠しもしない。やがて隊長がうやうやしく場所を譲ると、そこにエルンが現れた。

簡素な防具のみをまとったしなやかな肢体が、日の光の下に晒される。褐色の肌に漆黒の髪、金色の瞳。そして目の下の黒い線。それだけで獣人だと断定できるものなのか、マヒロにはわからなかったが、おそらくフィアナにはもう知れ渡っているものと思えた。侮蔑を超えた拒絶反応のようなものを、彼らから感じるからだ。

壇上にもそれが伝わっていないはずはないだろうに、エルンは涼しい顔をしている。クランは口笛や拍手で、ことさらに盛りあがって我らが団長を迎えた。

エルンが腰の剣を鞘ごとはずし、顔の前に掲げた。

「まず、我々エタナ・クランに大きな役目が与えられたなりゆきに感謝する。ふたつの集団が協力しあえるかどうかはともかく、訓練及び任務がよりよいものになるよう全力を尽くすことを誓う」

大声を出しているようには見えないのに、その声は不思議と広場じゅうに通る。ただし内容は、やる気があるのかないのかわからない。

エルンは誓いのしるしに剣の柄に口づけをし、「それから」とにやりと笑った。

「契約金の半分は前払い、もう半分は成果報酬を上乗せして現地払いという、非常に我々好みの契約をのんでくれたことにも感謝する」

「現地払い！」

マヒロの周囲が一気に湧いた。

「手柄を立てればそれだけもらえるってことだよな！」

「エルン団長、最高！」

「約束します！　おれら本気出します！」

見事にクランを熱狂させたエルンは、さっさと壇上を降りて、フィアナの隊長の隣に並ぶ。さすが隊長は表情ひとつ変えないが、若い兵士たちがマヒロたちに向ける白い目は痛いほどだ。規律正しいフィアナを学校とするなら、エタナ・クランは野良猫の集会所だ。

テッポが腹を抱えて笑い、ユーリャナを小突く。

「あれもお前が代理したほうがよかったんじゃないか？」

「ぼくはこういうほうが好きだよ、さすがエルン」

ふと、マヒロはフィアナの連隊のほうから視線を感じた。軽侮の視線の中にまざった、純粋な好奇の視線だ。視線の主を探してきょろきょろすると、一対の青い目と出会う。

ひときわ立派な体格をした、ブロンドの青年だった。

これから十五日間の訓練を経て、遷主の旅が始まる。

（無事に戻ってこられますように）

マヒロはそっと空を見あげた。

第四章

「動くな！　撃つぞ」

深い森の中で、テッポが鋭い声を発した。

同時に、頭上に張り出した木の枝に向かって、弓を引き絞る。

目を凝らしても、マヒロには人影は見えない。常緑樹の葉が茂っているだけだ。

「息を潜めても無駄だぜ、お前の姿は見えてる。ちなみに狙ってんのは股間だ」

ガサっと音がして、気配が消えた。弓を下ろしたテッポは、じろりと四方をにらみつける。フィアナの兵士たちが、さっと顔をそむけた。

「すんませんね、品がなくて……」

低くつぶやくテッポの肩を、マヒロはぽんぽんと叩く。

遷主の旅が始まっていた。


日暮れ前には野営の準備を始める。

野営慣れしているエタナ・クランはどんな場所であろうとさっさと天幕を張って火を焚き、めいめい水を調達しに出るが、フィアナの様子はだいぶ違う。

「こんな場所まで茶器持ちこんでお茶かっつの」

「せめて自分でやれ！」

テッポとライノが、フィアナの野営地に向けて毒づいた。

そこに広がっているのはまるでピクニックのような光景だ。地面に敷いた大きな布の上で、フィアナたちがくつろぎ、バラ色の頬をした小姓が数人、てきぱきと走り回り、お茶を渡したり手足を揉んだりと、かいがいしく世話をしている。

天幕に使われているのは、ぜいたくな毛皮だ。あれなら山中の寒さなどものともしないだろう。

ぴかぴかの剣を磨く姿は、いかにも誇らしげだ。

「お前ら、剣なんか一度も抜いてねーだろ！　オレらに任せっきりじゃねーか！」

罵ったところで、物理的な距離が邪魔をして、彼らには届かない。フィアナが寝泊まりするのは川から離れた平らな台地で、エタナ・クランに割りあてられたのは石ころだらけの川原だ。毎晩野営地は変わるが、この差は変わらない。

日が沈む前に装備のメンテナンスをして、日の出とともに出発できるようにしておかなくてはならない。指が麻痺するほど冷たい川の水で、靴や荷車についた泥を落とし、食事の支度をする。火のそばで武器を磨き、ちょっとしたけがの手当てもする。

荷車を引くラバはフィアナの管轄だ。彼らと同じ、枯れ草が積もった柔らかい場所で、乾いた干し草とたっぷりの水を与えられ、のんびり身体を休めている。

エタナ・クランの環境は、どう見てもラバより下だ。

格差まみれの旅路である。

計画されている日程は、往路が十日、交換地点での滞在が二日間、復路も十日。まだ往路のなかばであることを考えると、先が思いやられるのだった。


「……ぁっ……」

マヒロは歯を食いしばった。

静かな夜だ。おかしな声を仲間たちに聞かれるわけにはいかない。

採光用の隙間から差し込むかがり火の灯りが、天幕の中を赤く染めている。狭い空間の中で、人影がふたつ、粘ついた音を立てながら絡みあっていた。

(痛てて……)

もう何度目か、マヒロは、肩に噛みつくエルンの髪を引っ張った。昂ぶったときのエルンは、こんなふうに動物的になる。痛いだけならいいけれど、放っておくと痕がつくまで歯を立てられるのだ。常に人目のある旅の最中に、それは避けたい。

引きはがされたエルンは不満そうに頭をひと振りすると、腰を揺する動きに戻った。馬乗りになった彼を、マヒロは仰向けの状態で見あげる。

いつもこうだ。

なんの前触れもなくやってきては、マヒロの身体で快感を貪り、帰っていく。

遷主が始まってから頻度が上がった。エルンなりの、緊張を解放する方法なのかもしれない。

エルンとの『二回目』は、城での訓練中だった。

二回目が発生したこと自体に、マヒロは驚いた。勢いと雰囲気で一回目に至ることはあっても、二回目があるかどうかは別の話。経験からそう知っていたマヒロは、エルンと次がある可能性を、とくに想像していなかったのだ。

その都度相手を調達しているような言いぐさだったから、というのもある。

ところが、フィアナ流のお堅い訓練が始まってすぐ、エルンはマヒロの寝所にやってきた。

城内の片隅に打ち捨てられたような空き地があり、そこがエタナ・クランの野営地だった。城の敷地内だから、見張りをする必要もない。くじ引きで一番端の、ひとり用の天幕をあてたマヒロは、身体をまさぐられる感触に目を覚ました。

闇の中に光る金色の瞳。それを見たとき、正直、どきんと胸が鳴ったのに。

『寝てていい』

なんだ、起きてしまったのかとでも言いたげな口ぶりで、エルンはマヒロの身体を押さえ、起きあがろうとするのを封じた。

くるまっていたはずの毛布は、すでに剥がれてしまって見当たらない。肌着姿で眠っていたマヒロは、薄い布越しに腹をなでられただけで、自分が反応したのがわかった。

『あのっ……』

さっとエルンが人差し指を立て、自分の口に、そのあとマヒロの口にあてる。すぐ隣の天幕で仲間が眠っているのだ。マヒロが口をつぐんだ隙に、エルンの指が下着の紐をほどいた。

あらわになったものは、すでに完全に勃ちあがっていて、マヒロは顔を赤らめる。けれど恥ずかしいと思う間もなく、エルンがそれをくわえた。

『…………！』

思わず全身が跳ねる。エルンが見とがめるような視線を送ってきたものの、だったらもう少し手加減してくれ、と言いたい。

立ちあがれるだけの高さもない天幕の中で、身を屈めたエルンが熱心にマヒロをしゃぶる。二回目とはいえ、その光景の衝撃は大きい。

声を噛み殺そうとすると、どうしたって身体が動く。大きな物音を立てないよう、身をよじるようにしてエルンの舌使いに耐えていると、エルンが口を離した。前回と違い、あっさり終わるのかと思いきや、唾液でたっぷり濡らされたそれを、今度は手でしごかれる。

『あっ……』

『しっ』

無理です！

泣きたいような気持ちで懇願した。

『もう、少し、ゆっくり……』

『ダメだ、今日は時間がない』

ええ……

エルンの手が動くたび、ねばついた音がする。上下に、左右に、敏感な場所を的確に拾われて、マヒロはすぐに上り詰める。

もう限界だ。

そう思った瞬間、ぱっと手が止まり、エルンが素早く馬乗りになってきた。ずり下げた下衣の隙間から器用にマヒロを探り当て、一息に腰を落とす。

熱く潤った場所に強制的に押し入らされ、マヒロは悲鳴をこらえた。

物音を気にしてか、エルンの動きは浅く、スローだ。それがかえって興奮を誘う。抑圧した動きの中で、快感の強い場所を狙いすましているのが、エルンの反応からなんとなくわかる。身体に置かれたエルンの手のひらが、次第に熱を帯びてくる。腰の動きと連動して、ぎゅっと爪を立てる瞬間がある。首筋に、腕に、うっすら汗がにじみはじめる。

『はっ……』

薄く開いたエルンの唇から、耐えかねたような息が漏れた。

そのかすかな音を聞いたとき、マヒロは勝手に限界を迎えてしまいそうになって、急いで腕で顔を隠した。ついでにそうやって声も殺した。

マヒロが達する直前、エルンは自身の体内からマヒロを抜き去り、マヒロの白濁を手で受け止めた。ほぼ同時にエルンも達し、こちらはマヒロの腹の上に飛び散る。

荒い息をつきながら、あと始末をどうするのかとぼんやり案じている間に、エルンは布で手を拭うと、じゃあなとも言わずに出ていった。

静かではあったものの、一度目と同じく、圧倒されるほど一方的な時間だった。

以降、訓練中も含め、マヒロは何度もエルンの襲撃にあった。
四、五回目までは数えていたが、そのあとはもうわからない。
タイミングは完全にエルン次第だ。連夜訪れてくることもあれば、急に間が空くこともある。だいたいはマヒロの天幕で行われたが、それが叶わないときは物陰に連れていかれることもあった。

どんな行為にするかもエルン次第だ。時間の有無や周囲の状況で、あきれるほど淡泊な交わりで終わることもあれば、相当な快感を欲していると露骨にわかるときもある。

だがどんなときでも共通して、マヒロはなすすべもなく搾り取られる。それは変わらない。

エルンがそれでいいなら、いい。ずっとそう思ってきたけれど……

（……いや、ダメだろ！）

今夜こそ、マヒロは健全な、心のかよった行為を試みようと決心した。

自分にまたがっているエルンの腰をつかみ、エルンのリズムに合わせて下から突きあげる。

マヒロのほうには、それなりの快感と達成感が生じた。にもかかわらず、エルンはきょとんと見おろしてくるだけだ。

「なにをやってる」

「なにって……」

「余計なことをするな。転がってろ」

冷たく言うと、マヒロの手を払いのけ、再び動くことに没頭しはじめる。

……あんまりじゃないか？

むなしいやら悲しいやらで、マヒロは泣きたくなってきた。

結局、今回もエルンに追いあげられて終わる気がした。襲い来る絶頂の予感に、顔をそむけて腕で口をふさぐ。そうやってマヒロが音を漏らさないように苦心しても、エルンは絶対に容赦しないので、いい加減なにか物申したくなる。昇り詰める瞬間、エルンがいつものように腰を上げた。エルンの中からずるっと自身が抜け出る感覚に、マヒロはこらきれず小さく呻き、断続的に精を吐き出す。それが刺激になったのか、エルンも背中を丸め、震えながら達した。

エルンが汗に濡れた髪をかき上げ、満足げに息をつく。エルンの中に少量出してしまったものがつっと垂れて、マヒロの腹にしたたり落ちた。見ているだけでまた反応してしまいそうで、マヒロは釈然としない思いを抱えて目をそらした。

つまりはこうしてやすやすと反応するから、エルンが食いつくのだ。

エルンはざっと汚れを拭くと、マヒロの上から降りた。脱ぎっぱなしだった下衣に足を通し、服を着る。こうなるともうマヒロには目もくれない。

マヒロはとっさに、「あの」と声をかけていた。

腰紐を結びながら、エルンがマヒロを見る。その目つきには、先ほどまでの情動の痕跡はない。すでにリーダーの顔だ。

「なんだ」

「……ええと」

そんな顔をされて、行為の不満なんて言えるわけがない。

「……ここのところ、クランのみんながイライラしてます。フィアナとも協業できてない」

「そうだな」

「このままだと、よくないんじゃないかなって」

エルンが首をかしげた。

「どうしろと？」

「せめてフィアナとの、あからさまな格差みたいなものを埋められないかな、少しでも」

「たとえば？」

「クランとフィアナが、歩み寄れるような機会をつくるとか」

「おれたちはしょせん、野良の集まりだ。歩み寄れるとは思わないし、歩み寄れたところで、その場しのぎの仲よしこよしに意味があるとも思えない」

「職場の人間関係って大事ですよ」

こいつはなにを言っているんだ、みたいな視線を向けて、エルンは天幕を出ていった。

敷布の上にぽつんと座り、マヒロは長いため息をつく。手のひらのつけねで目の周りを揉んだとき、まだ汗が引いていないことに気がついた。

（なんか、疲れたな……）

まわりの天幕から、仲間の寝息といびきが聞こえる。

みんなも疲れている。この仕事が決まったとき、あんなに喜んだのがうそみたいに。

つらつらと考え事をしているうちに、いつしか眠りに落ちていた。

翌朝。

太陽が昇りきらないうちに、マヒロたちは活動を始めていた。

めいめい簡単な朝食をとり、焚き火の始末をする。水を汲むついでにマヒロが川で顔を洗ってい
ると、川原の石を踏む音が近づいてきた。

「やあ、疲れているみたいだな」

ぎくっとして振り返る。そこにいたのはひとりのフィアナだった。顔からしずくを垂らしている
マヒロを見て、明るい色の目を細め、苦笑いをする。

「きみたちの働きぶりじゃ、それも当然か」

(あ、そっちか……)

胸をなでおろした。ゆうべの物音を聞かれていたわけじゃなかったのだ。

マヒロは袖で顔を拭うと、水の入った革袋を手に立ちあがった。

「仕事ですから」

「そう硬くならないでくれ。おれはシーヴラハック。ヴラフでいい。きみはマヒロだな?」

気さくに差し出された手を、マヒロはおずおずと握る。がっしりした手はなめらかだが、剣の稽
古でできたであろう、皮の厚くなった箇所が感じられる。

金色の髪を短く刈り、青い目を好奇心に輝かせていたこの青年のことは知っていた。おそらくエ
タナ・クランの全員が知っている。だれが見ても、フィアナのエースだからだ。

旅の最初のころ、エタナ・クランが仕留め損ねた盗賊が、フィアナの隊列にまで到達したことが

あった。これを華麗な一太刀で追い払ったのがシーヴラハックだった。遷主の道中で、フィアナが戦闘しているところを見たのは、あとにも先にもそれきりだ。

「おれも、ヴラフを知ってるよ」

「それは光栄だな。これはおすそわけだ。そちらのみんなで食べてくれ」

シーヴラハックは、持っていたかごをマヒロに持たせた。

ひと抱えほどあるかごの中には、新鮮な果物が入っていた。みずみずしい香りが鼻孔まで届く。しばらく干し肉などの携帯食か木の実、川魚くらいしか口にしていなかったマヒロには、うっとりするほどぜいたくな香りに感じた。

「こんな貴重なもの、もらっていいの？」

「もちろん。きみたちに取り入るためなんだから」

「正直だね」

「強い者には惹かれるんだ。きみたちのクランにも——とくにあの団長どのは、とてもいいね」

彼が見あげた先を、マヒロも見た。川面に枝を伸ばしている立派な木の股に、いつの間にかエルンが腰かけていた。無表情にこちらを見おろしている。

シーヴラハックがにこっと微笑みかけると、エルンはフンと鼻を鳴らして地面に飛び降り、団員たちのいるほうへ歩いていった。

その背中に、シーヴラハックが熱っぽいまなざしを送るのを、マヒロは複雑な心境で眺める。

「あの、ありがとう、これ。みんなで大事に食べる」

「本当に、なにもかも人間離れしている。強さも、美しさも。おれはきみたちがうらやましい」

まばゆい笑顔を見せて、シーヴラハックは台地のほうへ戻っていった。エタナ・クランの野営地を横切るさい、団員たちから浴びせられる視線をものともせず、「おはよう！」「今日もよろしく」と輝きを振りまいている。

（ちょっと変わった人なのかな……）

「おいっ、マヒロ、大丈夫か」

野営地のほうから、テッポが駆けてきた。ネウリッキもあとを追ってくる。

「あのフィアナ、なにしに……うおお！　果物！」

「うわーっ、何日ぶり!?」

ふたりは目を輝かせ、マヒロの抱えているかごに飛びついた。

「みんなで分けるから、落ち着いて」

「この果物は干すとうまい。すぐ食うやつと保存するやつに分けようぜ」

「おれ、干しかご持ってるよ！」

すっかり興奮しているふたりとは対照的に、マヒロの心はどこか重かった。

「シーヴラハック・パロネンだよね。何度か宰相を輩出してるパロネン家の次男だよ」

「あー、あいつがそうか！」

ユーリャナの説明に、柿に似た果物をかじりながらテッポが納得した。匂いにつられて、荷物を背負ったラバがちょっかいをかけてくる。

「そんなすごい家の人なの？」

「オレもうわさ程度しか知らないけど」

「イソじゃ有名よん」

前を歩いていたネウリッキが、歩調をゆるめて並んだ。こちらも濃い紅色の果実を、前歯でこそげるようにして食べている。道中、あちこちの集落から捧げものをもらえるフィアナと違い、クランの面々は携行食しか口にしていない。堅パン、干し肉、必要に応じて塩。新鮮な果物は宝物だ。

「うわさによれば、家督を継ぐ兄貴のほうは、風采の上がらない男らしいねー。いい嫁が来なけりゃパロネン家も先細りかも」

「じゃあ、シーヴラハックが継いだらいいのに」

「兄貴も一応元気なんだから、そりゃ無理だろ」

「順序があるってこと？」

「そうだね。長男が跡を継いで、次男、三男は軍人か僧侶になる。いい家柄のお決まりの型かな」

そういうものなのか。

「せっかく優秀なのに、生まれた家を継がないなんて、もったいない気がするけど」

「そーでもねーんじゃね？　お前も見たと思うけど、腕は相当立つ。人望もある。ついでに容姿もいい。このままフィアナで地位を上げてくほうが、堅苦しい家を継ぐよりおもしろいかもよ」

「ふうん……」

ちくちくと、なにかがマヒロの胸を刺した。テッポは再び果物にかじりつく。

「ま、食い物をくれる奴に悪い奴はいない」

「懐柔されてんじゃねーよ」

不機嫌な声が響いた。ライノだ。少しうしろを歩いていたのが追いついたらしい。テッポの頭のてっぺんを、忌々しげにぐりぐりとひじで押す。

「おい、それヤメロ」

「フィアナさまが貧しい民からせしめた果物は、うまいかよ？」

「うまいよ、果物に罪はないからな」

「食ったらあいつらと同罪だ！」

「自分だって食ってたろ！」

「みんな、贈り物は気に入ってもらえただろうか」

「うわあ！」

だしぬけに会話に入ってきた声に、マヒロたちは声をあげた。いつの間にかシーヴラハックがすぐうしろに立っている。隊列の中央を護るフィアナは、前衛担当のマヒロたちの、ずっと後方を歩いていたはずなのに。

「シ、シ、シーヴラハック、なんで」

「ヴラフでいいと言ったじゃないか」

「ヴラフ、なんでここに？　いいの？」

「隊長の許可を得て来た。きみたちの仲間に加えてもらおうと思って。団長どのはどこかな？」

快活にそう言って、あたりを見回す。そんなシーヴラハックを、テッポたちは不気味なものでも見るような目つきで眺めている。

頭上から声がした。

「ここだ」

姿を見つけるより先に、声の主が降ってくる。エルンはゆらりと空中で体勢を変え、シーヴラハックの目の前に着地した。

音もなく舞い降りたエルンに、シーヴラハックはさすがに虚を突かれた様子だった。

「やあ、本当に身軽なんだな……！」

「おれになんの用だ」

「おれもここを護る。指示をくれないか」

テッポほどではないものの、エルンも不可解そうな表情を隠さない。マヒロはシーヴラハックの情熱と行動力に唖然とした。

（本気でおれたちと行動する気だ……）

そしていよいよ、胸の痛みを無視できなくなっていた。

『住む世界が違う』

ここでも、そんな人種を目の当たりにするはめになるなんて。

このちくちくした痛みには、覚えがある。

劣等感というやつだ。

エルンはシーヴラハックの全身を観察し、やがて言った。

「まずはその大げさな鎧を脱げ。襲ってくれと全身で言ってる」

フィアナは別名ゴールデンカラーとも呼ばれ、その名のとおり、襟に金色の装飾のついた鎧をまとっている。実用的には見えないし、とにかく目立つ。エルンの言うとおり、ここに金目のものがあると喧伝しながら歩いているようなものだ。

「了解した、すぐ戻ってくる！」

シーヴラハックは顔を輝かせて後方へ走っていった。自分ひとりでは着脱できないため、小姓のいるところへ行ったに違いない。そしてすぐに戻ってきた。

「さあ、次の指示をくれ！　おれは剣が得意だが、槍も使える」

鎧を脱いだ代わりに、暖かそうな毛皮の上衣を身につけている。テッポがチッと舌打ちした。

指示を待っているシーヴラハックに、エルンはうさんくさそうな一瞥を投げ、「まわりと同調しろ」とだけ言い放って、また木の上に消えた。

呆然としているマヒロたちに、シーヴラハックはくるりと向き直り、白い歯を見せる。

「というわけだ。しばらくきみたちを見習わせてもらう。よろしく」

白銀の鎧は脱いだはずなのに、まぶしい。

クランにまざって意気揚々と歩くシーヴラハックに、ライノとテッポが同時につぶやいた。

「変な奴……」

マヒロは複雑な思いを抱え、ざくざくと歩みを進める。いつの間にか、土を踏みしめる感覚が薄れ、足の下に岩盤の硬さを感じるようになっていた。

いよいよ山岳地帯に入るのだ。

今回の遷主のルートの中で、もっとも治安の悪いエリアだと教わっていた。

「あっ」

マヒロの視界が赤く染まった。

山賊がくり出した短剣の切っ先が、目の上をかすめたらしい。痛みはないが、血が目に入ってよく見えない。片目を閉じて振りおろした剣は、空を切った。

大乱闘だ。

そこここで敵味方が入り乱れ、敵同士でもくんずほぐれつの争いをしている。どうやら複数の盗賊団が一度に襲ってきたらしい。

「マヒロ、大丈夫?」

声をかけてきたのはユーリャナだ。いつも涼しげな彼も、今は汗で髪を濡らし、肩で息をしている。右手に持った剣は、脂っぽい血液でべとべとだ。

「これ、使っていいよ」

「ありがとう」

ユーリャナは髪を結っていたバンダナをほどくと、マヒロの左目に押しあてた。マヒロはそれを頭のうしろで結び、即席の眼帯にする。どうせ見えないなら覆ってしまったほうが気にならない。

(あのユーリャが、ボロボロだよ)

マヒロはあらためて、遷主がどれほど過酷な旅なのか思い知った。報酬が大きいわけだ。

「いてっ」

突如、敵がいないはずの背後から衝撃を受けた。なにかと思ったら、荷車を牽いているラバが、苛立ちのあまり手近なマヒロを蹴りあげたらしい。

しかたない。こう落ち着かない旅路じゃ、いくら温厚な性質のラバといえども荒れる。

「ごめんって。あとでねぎらってもらってよ」

話しかけながら、ラバの足を狙って射られた矢を剣ではらいのけた。ラバが歩けなくなれば、その荷車は置いていくしかなくなる。荷物を積み替えようとすれば隙ができる。敵はそれを狙っているのだ。物言わぬ動物を攻撃する根性は、許しがたい。

(敵もだんだん見境がなくなってるよな……)

奥地に入れば入るほど、盗賊も荒くれが増えると聞いてはいたが、本当だった。

そのとき、ふとシーヴラハックの毛皮が目に入った。

彼はエルンと一緒に戦っていた。荷車やラバ、木々を足場にして飛び回るエルンの足元を守るように、機敏に立ち位置を変えている。エルンはときおりシーヴラハックの身体すら足場にして、縦横無尽に移動する。

見たくはないのに、見てしまう。

（……そっか）

そうだよな。勝手にエルンを孤高の存在と決めつけていたけれど、頼りになる右腕がいるなら、そのほうがいいに決まっている。

「マヒロっ！」

テッポの声で我に返った。

すぐ目の前に、殺気に満ちた男の顔があった。手入れの悪い短剣が、鎖骨のあたりをめがけて振りおろされようとしている。

考えるひまもなかった。下げていた切っ先を、垂直に近い軌道で上方へ振り抜く。

血しぶきが散った。

剣先に、衣服と皮膚と肉を断ち、骨を削る感触が伝わってきた。

腿から胴体を通って、喉、顎の先までを一直線に切り裂かれた男が、血を噴きながらゆっくりと倒れていく。

「……あ……」

急所を外す配慮もできなかった。

ぼんやりしている場合じゃない。ほかにも敵はいる。

マヒロは剣を握り直そうとしたが、すべってしまい、うまくいかない。急いで手のひらの汚れを服で拭ったが、無駄だった。服のほうが血で濡れそぼっていたからだ。

「マヒロ、集中しろ！」

エルンの声だ。

反射的に背筋を伸ばし、気持ちを切り替える。だけどどこか、他人の目を借りて世界を見ているようなおぼつかなさがあった。

心に巣くった疑問が、何度も頭をよぎる。

——おれ、なにしてるんだろ……


無我夢中のうちに戦闘は終わった。

早めに夜の準備に入った野営地は、いつになく静かだ。

さわさわと人が立ち動く気配の中に、ガシャン、ガシャンと金属がぶつかる音が、どこかくたびれたように響いていた。テッポたちが、傷んだ武器を選別しているのだ。

「荷物、ちょっと盗られたってよ」

「あの騒ぎじゃ、しかたないね」

「報酬から引くのだけは勘弁してくれー」

また、ガシャン、と音。

「これもダメだ。これも……うーん、ダメだな」

折れたり欠けたり、修復不能なまでに汚れたりした剣や弓矢を、焚き火の横に積んでいく。その一方で、盗賊からはぎ取った武器をよりわける。

「この円月刀、傷の治りが悪そうで、すごくぼく好みだ。もらっておこう」

「おっ、賊のくせにいい弓持ってんじゃん。これオレのにしよ」

昼間の乱闘のせいで、無傷の者はいない。フィアナですら戦いに参加しないわけにはいかず、傷薬と包帯を持った小姓が忙しく走り回っている。

少し離れたところで見ていたマヒロも、剣を捨てに武器の山のほうへ行った。

血と脂が固まってこびりついた剣を、放り投げるように捨てる。

「剣士の誇りである剣を手放すのか？」

すぐそばで声がした。傷の手当てを終えたシーヴラハックが立っている。丸太に座って弓を磨いていたテッポが、ため息とともに彼を見あげた。

「あのな、オレらの剣は、あんたらのみたいに、代々受け継がれて名前もついてるようなご立派なものじゃないの。街にいれば直しに出すなり売るなりできるけど、ここじゃ無理だ。持って歩いたら戦力が落ちる。代わりに背負ってくれる小姓もいないしね。使えなくなったら取り換える。それが一番ってときもあんの」

「なるほど」

「お前さあ、オレらと一緒に行動したいってんなら、寝起きも一緒にしてみろよ。毎度ガッチガチの岩の上にうっすい敷布で、疲れなんか取れたもんじゃねーから」

「そんな体験をしてみたくはあるが、隊長の許可が下りないだろう。疲労回復も大事な務めだ」

「回復する権利をオレらにもくれって話だよ。そーいうとこだっつーの！」

「無駄なことはやめろよ、テッポ」

ライノが数本の剣を抱えてやってきた。ことさらに激しい音を立てて、武器の山に投げ捨てる。

「特権階級さまに、なに言ったって通じないだろ」

「ライノ、お前もそういうさー……」

あからさまな嫌悪のまなざしをシーヴラハックに向け、ライノはふいと行ってしまった。シーヴラハックは残念そうに眉尻を下げながらも、だまっているだけの賢明さはあるようだ。

テッポがはあっとため息をつく。

「マヒロ、目の傷を見てあげるよ、おいで」

ユーリャナの誘いに、マヒロはほっとして、手招きに従って彼のそばに腰を下ろした。ユーリャナは濡らした布を眼帯代わりのバンダナの上から押しあて、乾いた血をふやかす。バンダナは痛みもなく外れた。

「血は止まってるね。一応、化膿止めを塗っておこうか」

「ありがとう。バンダナ、洗って返すよ」

「気にしなくていいよ」

ユーリャナの指が優しく眉の下をなでる。少し染みて、薬草の匂いがした。

それを興味深く見ていたシーヴラハックが口を開いた。

「きみが衛生兵《メディック》なのかい？」

ユーリャナは首を横に振る。

「クランの中では、こういうことに詳しいほうだけど。基本的にぼくたちは、自分で自分の手当てができるだけの薬を持ち歩いてるよ。いつも一緒にいるとはかぎらないからね」

「勉強になることばかりだ」

「マヒロ、お前も新しい剣を選べよ。前のと似てんのはこれかな」

テッポがぽいと放ってよこしたのは、彼の言うとおり、長さも重さもこれまで持っていた剣に近かった。鞘にもすっと収まる。マヒロは何度か振って、感触を確かめた。

「うん、これにする」

「焼き印を捺してやるよ、貸しな」

テッポは火の中から、細い鉄の棒を持ち上げた。先端に小さな金属片がついている。それを剣の柄に押しあてると細い煙が立ち上り、うずまきのマークの焦げ目がついた。

「ぼくの円月刀にもよろしく」

「ほいよ」

マヒロは焼き印の入った剣を両手で持ち、身体の前に構えた。クランのものとはいえ、所有のしるしをつけたとたん、ぐっと『自分のもの感』が出た気がする。

シーヴラハックが隣に腰を下ろした。

「かたつむりか。素朴で、いいしるしだな」

「だよね」

そういえば、とふと気がつく。

「なんでかたつむりが縁起がいいのか、知ってる？」

テッポ、ユーリャナ、シーヴラハックの目がそろってマヒロに向けられた。ということは、ここでは常識なんだろう。

「ちなみにこいつ、最近までの記憶をなくしちゃっててさ」

テッポが、もう何度目になるかわからない説明をシーヴラハックにする。シーヴラハックは、驚いたというよりは、合点がいったような表情で、マヒロを見た。

「かたつむりは幸運を呼ぶ、といわれている。だいぶ古い伝承だが」

「なんで、かたつむりが？」

「前にしか進まないいんだよ」

テッポがユーリャナの刀に焼き印を入れながら補足する。

「後退しないってことで、成功や幸運、幸福の象徴とされてる。多産だから繁栄の象徴でもある。うずまきは永遠を意味するから、長寿のお守りにも使われたりするし」

「それとね、かたつむりには、雌雄の区別がないんだ」

マヒロは「へえ」と素直に驚いた。そういえば小学校で習った気がしなくもない。

「ぼくは、エルンがこのクランの名前を決めたときに、一番心を込めた要素はそこだと思うな。かたつむりが象徴するのは、幸運、成功、繁栄、長寿……それから」

ユーリャナの指が順に折られるのを、マヒロはぼんやり眺めた。やがて彼はにっこり微笑み、マヒロを見つめて言う。

「『平等』」

なにかが心の奥のほうで光った気がした。火花のようなものが。

気づかないうちに立ちあがっていた。

「マヒロ、さっきから顔が真っ青だぞ、大丈夫か？」

テッポの心配そうな声に、力なく微笑みを返す。

「うん、ちょっと疲れた」

「あっちのでかい焚き火にあたってこいよ。ついでにあったかいものでも飲んでさ」

「そうする。ありがとう」

暮れかけの野営地を、ふらふら歩いた。

人のいない場所に行きたい。

服が吸った大量の血が乾いて、着心地がなんだか妙だ。洗いたいけれどその気力はないし、今から洗って干したら、乾く前に朝の冷えこみで凍ってしまう。

しかたがないので、土を服にこすりつけて、血の存在感を薄めた。ごしごしと服をこすりながら脳裏によみがえるのは、血しぶきを上げてゆっくりと倒れる、男の姿。

「おい」

突然聞こえた声に、びくっとした。

前方の木立の中にエルンがいた。木のひとつに寄りかかり、手招きしている。

「なにをやってる」

そばに行くなり叱られた。

「え……」

「さっきの獣人は生きてる。仲間が止血して連れていった」

「えっ、あれ、獣人でした？」

「そんなこともわからずに戦ってたのか？」

眉をひそめるエルンに、マヒロは自分がどれだけ上の空だったのか思い知り、自分を恥じた。

傭兵失格だ。

(でも、生きてたんだ……)

殺していなかった。それを知って、身体の力が抜けた。

「普通の人間だったら死んでたぞ」

「すみません」

「おれに謝るな。おれはべつに、盗賊のひとりくらい手加減し損ねても気にしない」

ですね、とマヒロはしおれる。

「だが、お前は違う」

ぐさっと来た。人を斬る覚悟もなしに傭兵をしていたのかと、責められている気がしたからだ。

いや、実際、責められているんだろう。

入団試験に合格して、鍛えてもらって、料理を喜んでもらえて、久しぶりに人に必要とされた気がしたのだ。そうやってのんきに喜んでいたツケが回ってきた。

またこれだ。流れで生きて、詰まる。

うつむいたマヒロの頬に、軽い痛みが走った。エルンが張り飛ばしたのだ。

金色の瞳がマヒロの目をのぞきこむ。

「しっかりしろ。傭兵をやめたいならやめていい。ただし遷主のあとでだ」

「そういう、わけじゃ……」

マヒロの言葉を聞こうとはせずに、エルンは立ち去った。

叩かれた頬に触れてみる。そんなに強くなかったが、妙に痛い。

はっと気がついた。エルンがだれかに対して、こんなふうにスキンシップを取るのは珍しい。はじめて人を殺めかけたマヒロの動揺を、散らしてくれようとしたに違いない。

剣の柄に手をかけると、入れたばかりの焼き印の凹凸が感じられる。

幸運と平等のエタナ。

そうだよな、と思い直した。

流れで入団したことは確かだけれど、それだけでここまで来たわけじゃない。

(あの人についていきたいって、思ったんじゃん……)

もうちょっと、がんばってみよう。

剣を握りしめ、そう決めた。

第五章

翌日の出発は、いつもより半刻ほど遅くていいと聞いていた。

いつもの時刻に目を覚ましたマヒロは、毛布にくるまって二度寝を決めこんだが、あたりのざわつきに再び覚醒し、天幕を出た。

野営地の様子は一変していた。

隣のフィアナの野営地の奥に、絹の幕で目隠しされた一角がある。藩主の居住空間だ。幕内には移動中に藩主を乗せる輿も安置されるが、その輿が三台に増えていた。といっても、幕の上から屋根の部分が見えるだけだが。

そして輿が増えたぶんだろう、人員も増えて人口密度が上がっている。しばらく別部隊として行動していたエタナ・クランの団員も、久しぶりに合流しているのが見えた。

天幕を畳んで収納袋に入れ、身支度を整えがてら野営地をぶらつく。エタナ・クランの野営地とフィアナの野営地の境界——特に物理的な境目があるわけではないが——に、野次馬の一団ができていて、そこに見慣れたうしろ頭を見つけた。

「なにか見える?」

「おっ。おはよーさん。いやー厳重でなんも見えねーよ」

テッポは小柄な身体で背伸びして、遠くの幕の中をのぞこうとしているようだ。

「見えないのに、見てるの？」

「見えないからこそ、だろ」

キヒヒと笑う。だれだって秘密をのぞくのは楽しい。わかる。

「全部の輿が合流したんだね」

「おー。この旅も大詰めだな」

三台の輿のうち、一台だけが本物で、二台は囮だ。マヒロたちには、どの輿に藩主が乗っているのかは知らされない。これまで必死に護ってきた輿が囮だった可能性も、もちろんある。それが遷主の旅なのだと聞かされていた。

三台の輿はそれぞれ隊列を組み、別のルートから〝交換〟の地である藩境を目指していた。今いる野営地を最後に、藩境への道は一本のみとなる。それですべての輿が合流したというわけだ。

今後は一列の隊列の中に、三台の輿を入れて旅をすることになる。

「ん、なんだ？」

テッポの視線の先では、藩主の幕の見張りをしているフィアナの兵士たちが、しきりにこちらを指さしてなにか言っている。上のほうを気にしているようだ。

マヒロたちは振り返って、思わず笑った。エルンが木の上にいたのだ。

まっすぐな幹の、背の高い木のてっぺんでくつろいでいる。あそこからなら、幕の中も丸見えだろう。フィアナたちが色めき立っているのも見えているだろうに、下りてくる様子もない。

「ははっ、こりゃいーや。なにが見えたか、あとで聞こうぜ」

そこに、フィアナの兵士が三人、連れ立ってやってきた。ひとりはシーヴラハックだ。

「やあ、おはよう」

マヒロとテッポを残して、クランの団員たちはさっと消えてしまった。マヒロは申し訳なさと気まずさを感じながら、「おはよう」と応える。

シーヴラハックは片手をひさしのように目の上にあてて、遠くを見る仕草をした。

「団長どのは、相変わらずだな」

「あの、下りてもらったほうがいい？」

「言って下りるような人なら、そもそも登らないだろう」

そう言ってほがらかに笑う。ふたりの連れも一緒に笑っているが、その様子に嫌みはなく、フィアナにもいろいろいるんだとマヒロは安堵した、のだが……

「頭領が獣人というのは、苦労も多かろうな」

「うん、わたしだったらごめんだ」

ふたりが口々に悪びれず言うのを聞いて、耳を疑った。やはり嫌みな口調ではなく、心からの言葉であり、同情的ですらあるのが、なおさら理解しづらい。

マヒロはちらっとテッポを見た。テッポは肩をすくめ、ほっとけ、と言外に伝えてくる。

「そんなことはない。同じ大地に生を受けた命同士じゃないか。必ずわかりあえるよ」

気恥ずかしいほどまっすぐな声音で言うのは、シーヴラハックだ。

マヒロの胸の内の、言語化できないもやもやが大きくなる。

「なにせ、おれは獣人の子と恋仲になったことだってある」

「あのさ、話を変えて悪いんだけど。あんたらは藩主の姿を見てんの？」

テッポもさすがに耐えかねたらしい。もしくはマヒロの状態を見かねて助け舟を出してくれたのかもしれない。

「拝謁したことはあるよ」

答えたのは、巻き毛をひとつにくくった男だ。

「だが、この旅ではその権利をいただいてはいないね。お乗りになる輿がどれかも、おれたち全員には知らされない」

「へー。やっぱ厳重なんだな」

「すべては藩主どのの安全と、遷主の遅滞ない遂行のためだ」

シーヴラハックが誇らしげにうなずく。黒髪の男が、「なあヴラフ」と話しかけた。

「うん？」

「さっきから気になってしかたないんだ。お前の婚約者どのは、獣人じゃないよな？」

これを聞いて、巻き毛の男が噴き出す。

「れっきとした人間のご令嬢だよ。おれはお会いしたこともある。やや気が強いが、美しい方だ」

「あの負けん気がオルガ嬢の魅力だ、悪口は許さんぞ」

「とりあえず人間なんだな、それを聞いて安心した。型破りのお前のことだから……」

いたたまれない。

三人とも、そろいもそろって悪気がなさそうなのが、本気でいたたまれない。

マヒロは後方の、はるか上のほうを振り返った。

木の上で、エルンは片ひざを立てて座り、頬杖をついている。彼もマヒロのほうを見ており、目が合った気がした。高すぎて本当のところはよくわからないが、にやっと笑ったようにも見えた。

巻き毛がマヒロたちに話しかけた。

「ヴラフから聞いたところによれば、この仕事が終わったらきみたちも解散なんだろう？　傭兵が恒久的な組織をつくった例もないし、やはり団長どのも一匹狼のほうが気楽ということかな」

「え？」

マヒロはテッポを見た。この場に興味を失ったらしく、話を聞いていたかどうかもわからないほどの無反応だ。マヒロはシーヴラハックに助けを求めた。

「……エルンがそう言ってた？」

「いや、はっきりとは。だが話を聞いているかぎり、そういう予定だという印象を受けた」

え……

ここのところ、道中のシーヴラハックはエルンにべったりだ。そんなときのエルンは、シーヴラハックが話しかけるせいか、口数も多いように見える。

そのシーヴラハックに言われてしまうと、そんなはずはない、と言うこともできない。

「きみたちが聞いていないなら、ヴラフの勘違いかもしれないな」

「そうかもしれない。さあみんな、出発の準備だ」

彼らは現れたときと同じように、優雅な足どりで陣地へ戻っていった。


岩陰の土を踏むと、霜柱がサクッと音を立てる。

この世界の冬はどんな感じなんだろう。街中でも雪は降ると聞いたけれど。

うしろからだれかが追いついてくる気配がする。トトンと素早くマヒロの肩を叩いたのは、ネウリッキだった。マヒロに顔を寄せ、そっと耳打ちする。

「ライノの兄貴たちが、例の話を知ったらしいよ」

「例のって」

「クランの解散の話！」

みんな耳が早い。マヒロはだれにも言っていないし、テッポにもわざわざ言う理由はないように思う。いったいどこから広がったのか。とはいえ、うわさとはそういうものかもしれない。

マヒロの少しうしろに、ライノとその仲間がいる。どうりでさっきから、彼らのかもし出す空気がとげとげしいわけだ。ネウリッキは小声で続ける。

「思ったんだけど、このうわさ、本当なんじゃないかねー？　その話を振っても、テッポとユーリャナの兄さんがたの反応がさ、なーんかおかしいっていうか……おっと」

ネウリッキが口を閉ざした。隊列の前のほうからエルンが移動してきたのだ。

「一番うしろの輿の警備を厚くしたいらしい。ライノ、何人か連れて行ってくれ」

マヒロのうしろで、不愛想な声が「わかった」と答えた。

「……自分は本命の輿の護衛で点数稼ぎかよ」

その悪態は聞こえよがしだったので、マヒロにもはっきりわかったし、当然エルンにも届いたに決まっている。しかしエルンは顔色ひとつ変えず、ライノを見つめる。

「どの輿に藩主が乗っているか、おれは知らない」

「どうだかなあ、フィアナさまのお気に入りなんだろ？」

まさに今も、エルンのうしろにはシーヴラハックがぴたりとつき添っている。ひえーとネウリッキが小さくつぶやいた。

「本当だ。知らない」

ライノの仲間が漏らす忍び笑いも無視して、エルンはうなずく。それから首をかしげた。

「で、おれの指示はどうなった？」

ライノは頬を紅潮させ、仲間を率いて隊列の後方へと向かった。マヒロには、ライノの気持ちがわかる気がした。不服なわけじゃない。捨てられるみたいで悲しいのだ。

悲しくて悔しくて、これまでの時間はなんだったんだよと言いたいのだ。

（わかるよ……）

たまらなくなって、前方へと戻るエルンを追いかけた。

「エルン」

「ん」

そっと腕を取ると、エルンは歩調をゆるめてくれた。シーヴラハックが先に行ったのを確認してから、声を低めて話しかける。

「うわさが流れてます」

「うわさ？」

「この仕事が終わったら、エルンはクランを解散するつもりだって。みんなの士気にかかわることだし、はっきり否定したほうがいいかもしれない」

「なるほど、それでわかった」

「ライノたちのことなら、たぶん今は、ショックなだけで……」

マヒロのフォローをよそに、エルンがなにか得心したようにうなずく。

「人の口はバカにできないな」

「と、いうと……？」

「本当のことだ。否定はしない」

マヒロは愕然とした。

「……本当に解散するんですか？」

「というより、この仕事を取るためにクランをつくった。遷主が終われば維持する理由もない」

なんだって？

「じゃあ、みんなにも最初からそう言ってたら……」

「言っても入団してたか？」

エルンは小さく肩をすくめた。まるで、たいしたことではないというように。

あれ……？

マヒロの中で、エルンという人の像が急にわからなくなりはじめた。いいリーダーで、口数は多くないけれど、簡潔な指示はいつだって的確で、みんなをよく見ていて。

それで……

「……ヴラフにその話をしました？」

「解散すると言った覚えはないが、なぜクランをつくったのかと聞くから、正直なところを答えたことはある。あの男も口が軽いな。まあ、口止めもしなかったおれも悪い」

「エルン……」

「話は終わりか？　なら、持ち場に戻れ」

いつものそっけない口調でエルンはマヒロを追い払い、先へ歩いていった。

従うしかなかった。


藩境の近くには、密輸や盗賊を生業にしている集落が点在しているらしい。

獣人の割合も高いのだという。体力、運動能力、攻撃力すべてが一般人を凌駕する獣人が、組織力をもって襲いかかってくる可能性があるというわけだ。

遷主の一行に緊張感が漂っているのを、なんとなくマヒロは感じていた。

とはいえ、道中が妙に静かなのはそのせいだけじゃない。エタナ・クランの空気が悪いのだ。

マヒロは無意識に、新しい剣に手をかけ、鞘から少し抜いては戻し、抜いては戻ししていた。

（まずいんじゃないかな……）

先ほどの休憩のときも、エルンはほとんどシーヴラハックと一緒にいて、クランの団員たちとは会話をしなかった。ライノたちがエルンに向ける視線は、あきらかに苦々しさを増していた。

まずいよ、と心の中でくり返す。

「なんか、静かすぎて不気味だな」

その日の野営地にたどり着いたとき、テッポがつぶやいた。マヒロも同感だったけれど、剣を抜かずに済んでほっとしている気持ちのほうが大きかった。


干し肉と堅パンで味気のない夕食を済ませ、マヒロはエルンを探しに出た。

もうすぐ日が暮れる。木々は早くも黒々としたシルエットと化し、オレンジ色と藍色の混ざった空に枝を張り出していた。

エルンはそうした枝のひとつに座っていた。

「エルン」

真下に立って呼ぶと、ふっとその姿が消え、気づいたときには目の前にいた。何度見ても新鮮な驚きをくれる、しなやかな身のこなしだ。

エルンは話を促すことはせず、だまってマヒロが口を開くのを待っている。

「あの……みんなと、ちゃんと話をしたほうがいいと思います」

金色の瞳がまばたきをする。

「話、とは」

「わかってますよね、解散のうわさが出てから、みんな気持ちがバラバラです。こんな状況で攻撃されたら、総崩れになりかねない」

エルンはため息をついた。

「話せと言われても」

「団長」

そこに、クランの団員のひとりがやってきた。クランの中ではかなり若いほうで、丸みのある顔にはそばかすが散っている。思い詰めた顔だ。

「おれ、ここでクランを抜けたいと思っています。許可をください」

エルンが眉をひそめる。

「ここで？　抜けてどうする」

「地元が近いんです。ここからなら尾根伝いに北に出て、ふもとに下りられます。報酬は、先に日割りでもらえませんか」

「ずいぶんと勝手だな」

「どうせ解散なんですよね？　だったら少し早めに抜けたところで、変わらないじゃないですか」

マヒロは、はらはらしながらやりとりを聞いていた。解散のうわさが広まった以上、こういう団員が出てくるのも時間の問題だっただろう。団長が勝手をするなら自分も、というわけだ。

（気持ちはわからなくもないけど……）

「それは困る」

エルンは腹を立てた様子もなく、きっぱり言った。よかった、引き留めてくれるのかと安心したのも束の間……

「今の人数で藩と契約をしてる。ひとり抜けただけでも契約違反だ」

事務的な説明に、団員の顔に不満と落胆が浮かぶ。

「そうですか。それじゃあ、とりあえず最後までいます」

彼はそう言い捨てて去っていった。マヒロは頭を抱えたくなる。

そうじゃないって……！

「エルン、これまでクランに貢献してきた団員に、あんな言いかたはないですよ」

「お互いに利害が一致したから入団したんだろう」

エルンは不思議議なほど理解を示さない。

「入ってくれと頼んだわけじゃない。クランを抜けるのは自由だ。契約中じゃなきゃ、好きに出ていけと言うところだ」

「どうしてそんなに、この仕事にこだわるんです？」

単純な質問に、エルンははっきり答えず、目をそらした。マヒロははっとした。

「なにか特別な理由があるんですね」

重ねて追及する。はじめてエルンが見せた煮え切らない態度に、彼の本心が隠れている気がしたからだ。目を離した隙に姿を消してしまいそうで、エルンの腕をつかんだ。

「言えないのはどうしてですか」

「お前には関係ない」

「おれもクランの一員です。もうすぐ、そうじゃなくなるみたいですけど」

腕を振りほどいて逃げようとするエルンを、再びつかまえる。肩を引き寄せて振り向かせたが、それにも抵抗しようとしたので、両腕をつかんで手近な木に押しつけた。

「つ……」

背中をぶつけた衝撃に、エルンが小さく呻く。

「あっ……すみません」

痛めつけるつもりはなかった。相手がエルンだから、手加減したら逃げられると思って勢いをつけすぎたのだ。至近距離からにらみつけられて、マヒロは顔を赤くする。

一歩引こうとしたとき、エルンの手がマヒロの胸元をつかんだ。

「わっ……」

荒っぽく引き寄せられ、鼻と鼻が触れあいそうな近さで、金色の瞳を見つめるはめになる。吊り上がりぎみの目をふち取る長いまつげ。褐色のなめらかな肌、わずかに見えている口の中の牙。

(どこを見てるんだよ、こんなときに)

マヒロの心の揺れを見透かしたように、エルンがにやっと笑った。

「久しぶりに、するか？」

マヒロの顔が、再びかっと熱くなる。胸倉をつかんでいたエルンの手が、マヒロの肉体の形を確かめるように、意味ありげに這う。それだけで不覚にも、マヒロの身体は反応した。

エルンはちらっと視線を下に向け、牙を見せて笑う。

「さすがにここ何日かは、人目につかない場所がなくてあきらめてたんだが」

「エルン……」

「ここでなら、お前も問題なさそうだな」

腹が立った。エルンはあきらかに、話をごまかそうとしている。

思わず、力いっぱいエルンを突き飛ばした。目を丸くするエルンを見て、はっと我に返る。

「あ……！」

謝罪の言葉が口から出そうになったが、飲みこんだ。

少しの間、気まずくエルンと目を合わせてから、マヒロはその場を立ち去った。

振り向かずにいるには、なかなか気力がいった。

翌日は、目覚めた瞬間から後悔の連続だった。

(突き飛ばしちゃったよ……)

片側が崖になった細い山道を歩きながら、ため息をつく。

(でも、エルンも悪い)

自分に言い聞かせるように考える。ちゃんと話を聞かせてほしかったのに、ごまかそうとしたエルンも悪い。だけど……

（ごまかそうとしたこと自体がもう、あの人らしくないよな……）

言いたくないのなら、「言いたくない」と堂々と言えばいい。いつものエルンならそうするだろう。それすらできない事情があるに違いない。

その事情こそ、知りたいのに。

（おれにくらい、話してくれたって……）

いやいや、と頭を振って打ち消す。いつの間にか、ずいぶんと図に乗ったものだ。マヒロはべつに、エルンにとって特別な存在なわけでもない。

そのとき、停止の合図の笛が鳴り響いた。

前方で、隊列が進むのをやめたようだ。状況を見ようと首を伸ばすと、中央部を護っているエルンとシーヴラハックの背中が見えて、目をそらしたくなる。現状把握が優先だと我慢した。

マヒロがいるのは隊列の最後尾に近い。三つの輿が合流して長くなった隊列の先頭は、ここからでは見えない。やがてフィアナの伝令係がやってきた。

「落石と土砂崩れがあったようだ。道が狭くなっている。指示を待て」

とのことで、要するに待つしかないようだった。

「聞いたか？　運がねーな」

テッポが人と馬の間を縫うようにして、そばにやってきた。ぎりぎりの道幅しかないので、気を抜くと崖から足をすべらせかねない。

「聞いた。どうするのかな」

「まあ、一度戻って、道を整備してから出直すのが最善だろーな。半日か、場合によっちゃ丸一日遅れるが、しゃーない」

言いながら、輿を乗せた馬の鼻面をなでる。

「でも、なんかもめてるみたいだよ」

「どーせフィアナが、遅れるわけにはいかぬとか言って強行突破するつもりなんだろ。あいつら、藩主の安全がどうとか言うわりに、肝心なとこで楽観的だからな。エルンが認めるもんか」

「あ、動きだした」

「マジか」

テッポがぴょんぴょんと飛び跳ねて、前方の様子を見ようとする。

「荷駄も人も一列に並べて通すつもりだ。前後だけじゃ護りきれねーぞ。あっ、エルンだ」

マヒロもテッポの視線の先を見た。道をふさいでいる岩の塊の上に、エルンが飛び乗ったところだった。見るからに激高しており、足元にいるフィアナと何事か言い争っている。シーヴラハックが間を取り持っているようだが、エルンの怒りが収まる様子はない。

列はしずしずと動きだし、それに伴って、荷駄と護衛の間隔がばらつきはじめた。おっとりした性格のラバに対し、馬は神経質だ。馬丁係が慎重に牽いてやらないと、細い道を通ろうとしない。

それを待っている間、後続は立ち往生し、先発は先に行ってしまう。

隊列全体を見おろせる場所にいるエルンが、きょろきょろと忙しなく周囲の様子を確認していることに、マヒロは気づいた。あのエルンが、緊張感を隠しもしないとは。

そろりそろりと列は進み、マヒロも岩と土砂で道がふさがれているところまでやってきた。人の背よりも大きな岩がいくつも転がり、隙間を土砂が埋めている。

（うん……？）

にわかながら、マヒロには土木工事の旅をした経験がある。その目に、眼前の光景はどこか不自然なものに見えた。マヒロは、岩と、土砂と、それらが落ちてきたであろう崖の上方と、ここでとどまらなかった落石がさらに転がり落ちていっただろう、崖の下方を見た。

やっぱりなにか変だ。

そう感じたときだった。

「戻れ！　罠だ！」

岩の上からエルンが鋭く叫んだ。

なにが起こったのか確認するより、マヒロは命令を実行すべく振り向いた。そこに剣が横なぎに襲い掛かってきた。危ういところで剣を抜き、腰の手前で相手の剣を止める。

チッと舌打ちして飛びすさったのは、ひっきりなしに拡縮をくり返す瞳孔と、うろこのような肌を持った小柄な男だった。

獣人だ。

見れば、隊列の横にそそりたつ岸壁には、びっしりと盗賊が張りついていた。進みが悪くなったところを待ち伏せされたのだ。

（やっぱり、人工的に岩を落として積んだんだ……！）

違和感の正体がわかった。これだけの質量の岩がいくつも転がり落ちてきたら、今歩いているこの道も無傷では済まない。崖に面したふちをえぐり取っていったはずだ。その痕跡がなかった。そして土砂が崩れたら一緒になだれ落ちるはずの灌木《かんぼく》や木々がなかった。岩を運んできて、人力で崖を掘り、崩れたように見せたに違いない。

「進むな！　戻れ！」

雨のように降ってくる盗賊に立ち向かいながら、エルンが叫ぶ。だが退路もすでに、盗賊で封じられていた。崖の上下も、隊列の前後も、敵だらけだ。

「うっそだろ……」

そうこぼすテッポの頬には切り傷が口を開け、血がしたたり落ちている。マヒロは剣を握りしめ、背後の輿を護りながら、じりじりと迫ってくる盗賊を待ち受ける。

はっと頭上から殺気を感じ、本能で腕を上げ、頭をかばった。矢だ。

腕に刺さるくらいなら許容範囲だと覚悟していたが、そうはならなかった。マヒロの前に差し出されただれかの腕が、代わりに矢を受けて鈍い音を立てる。残りの数本の矢が地面に刺さった。

「ヴラフ……！」

「大丈夫。鎖かたびらを噛んだだけだ」

シーヴラハックが平然と言い、腕から矢を引き抜く。たしかに出血している様子もない。

「マヒロっ、どこからだった」

「たぶん、あの木立の山だと思う」

ただちにテッポが矢を打ちこんだ。上方に打つ矢は威力が出にくい。それでも威嚇には成功したらしく、矢の雨は止んだ。だが敵に囲まれている事実は変わらない。

「すごいな、このあたりの盗賊が、こんなに足並みをそろえて襲ってくるなんて聞いたことがない。きみたちクランへの対抗手段を、彼らなりに考えたんだろう」

「おい！」

岩の上を飛び移るようにして戦っていたエルンが、すぐそばの岩の上に降り立った。ひざをつくと、シーヴラハックの襟元をわしづかみにし、ぐっと引き寄せる。

「囮の輿まで護っている余裕はない、捨てるぞ。藩主はどれに乗っている」

「それは……」

エルンの容赦ない力は、シーヴラハックの踵を浮かせるほどだった。首を締めあげるように、エルンがさらに力をこめると、シーヴラハックの顔色が苦しげに赤黒く染まる。

「全滅するか、藩主だけでも逃がすか、選べる道はどちらかだ。教えろ！」

そうしている間にも、荷駄も兵士も団員も、次々に盗賊の襲撃にあっている。どうやら落石は二か所に仕込まれていたらしい。隊列は三つに分断され、総攻撃を受けている状態だった。崖を這うように伸びる道は、あっという間に戦場と化した。

マヒロも、すでにエルンを見る余裕をなくしていた。馬を狙ってくる盗賊を引きはがし、崖下に蹴り落とす。

「教えろ！」

「藩主が、お乗りになっているのは……」

（くそ……）

剣を使おうとするたび、マヒロは身体がこわばるのを感じていた。刃先の届く距離に人がいると、腕が引きつって動かなくなる。

（まずい……）

いやな汗が胸元を伝う。

しつこく食い下がる盗賊を、剣のひらでなんとかはじき飛ばしたときだった。

「マヒロ！」

エルンだ。崖下にまで響き渡るような声で叫ぶ。

「退路を拓いて三の輿を逃がせ！　全員聞こえるか！　残りの輿と荷物は馬から切り離し、盗賊と一緒に崖下に落とせ！」

とんでもない命令に、フィアナの兵士たちが色めき立った。

「狂ったか獣人！　すべて藩主さまの持ち物だぞ！」

「マヒロ、聞こえただろう！　動け！」

はっとして剣を握り直した。

「はい！」

兵士たちが騒ぐのも無理はないが、エルンがそれしかないと判断したのなら、やるだけだ。

だが退路をつくるといっても、道は手をつけようもないほどの混乱ぶりだった。敵はほとんどが獣人らしく、木から荷駄へ、馬の頭から木へ、地面に足をつけることなく移動してのける。戦いの常識がまったく通じない相手に、クランの団員も苦戦していた。

とにかく輿と馬を護らなくては。輿は縦列につないだ二頭の馬の間に据えつけられている。輿を支える二本のシャフトが前後に伸び、それぞれの馬につながれているのだ。方向を変えるにはかなりの回転半径を必要とする。馬をつなぎ直す手もあるが、人手と時間がかかる。

(五十メートル後退できれば、空き地があったはず)

マヒロの目の前を短刀の刃がかすめた。危ないところでかわす。返す刀で斬りかかってきた獣人が、突然もんどりうって地面に転がった。矢が首を貫通している。

崖の中腹にいたらしいテッポが、ひらりとマヒロの前に下りてくる。そして矢を抜こうとじたばたしている獣人を、崖の下に蹴り落とした。

マヒロの目の前に、あのときの男の姿がフラッシュバックする。

「無理すんな、マヒロ」

「ごめん、ありがとう」

頭を振って残像を追い払うと、マヒロは剣を鞘に戻した。今の自分は、このまま使うほうがいい。木刀や棍棒だってじゅうぶんな武器になるのだから。

テッポがマヒロの背中を力強く叩く。

「よし、とにかく輿を逃がそうぜ」

「うん」

無我夢中で戦った。鞘で殴りながら敵の総力を削いでいく。仲間たちが、輿よりうしろの荷駄をいっせいに崖下に落とした。身軽になったラバが、来た道を好き勝手に戻っていく。一本道だから、いずれまた会えるだろう。

敵をなぎ払っては、空いたスペースにじりじりと馬を後退させていく。馬を反転できさえすれば、あとは馬自身が盗賊を蹴散らして走れる。

岩の上で、聞きなれた音がした。数本の細い金属が同時にぶつかる音。

エルンのクローの音だ。マヒロは振り返った。

途方もない跳躍力を持った獣人と、エルンは戦っていた。飛びついてきた獣人の腹を、エルンのクローが切り裂いたように見えた。けれど傷ついたのはクローのほうだった。

獣人の上半身は、どうやらサイの鎧のような分厚い皮膚に覆われているらしい。

エルンは折れたクローをあきれ顔で見つめ、皮肉に笑う。

「忌み嫌われるわけだ、化け物め」

気づけば獣人の手には、どこから出したのか、太い釘のようなものが握られている。皮膚の鎧の間に隠し持っていたに違いない。エルンのクローと同じ、超接近戦用の武器だ。

まずい。あの武器はクローと相性が悪い。

「エルン、一度引いて！」

叫んだのはマヒロだった。

けれど、先にエルンに走り寄ったのは、シーヴラハックだった。

シーヴラハックの毛皮の上衣がひるがえり、エルンを覆い隠す。剣が軽やかな金属音を立てて、皮膚の鎧の隙間を下方から突き刺した。獣人は口から血を吹き、岩から転がり落ちる。

ああ、そうだよな、とマヒロの心にあきらめが宿った。

だってシーヴラハックは、どの輿が本物か知っていたのだ。フィアナでも、全員には知らされていないと言っていたのに。それに、大事な話をエルンとしていた。

おれとは違う。

「マヒロ！」

……え？

エルンがこちらを見てなにか言っている。

シーヴラハックを振り捨てるようにして、エルンが飛び降りてきた。その視線の先にあるものを見ようとして、マヒロは首をめぐらせる。

すぐ横に、先ほどの獣人がいた。

口から血をしたたらせ、血走った目を見開いている。

（あ——……）

左肩、鎖骨の下あたりに、異物が押しこまれる感覚があった。

異物は皮膚と、皮膚の下の組織を突き破って、身体の中を進んでいく。その勢いでマヒロの身体は後方に押され、よろめいた先に地面はなかった。

しまった。

水の中みたいにゆっくり進んでいた時間が、急に動きだす。マヒロは自分が真っ逆さまに崖を落ちていることを、他人事のように知っていた。

「マヒロ――!!」

薄れていく意識の中で、エルンの声がする。

あまり呼んでもらうことのない名前。

今日は、けっこう聞いた気がした。


なにも見えない、真っ暗な世界。

上も下もわからない。空気の流れも温度も、なにひとつ感じない。

(おれ、やっちゃったかな)

マヒロは考えた。

身体がまったく動かない。手足が重い。

(また、どこかへ行くのかな。それとも、今度こそ……)

……終わるのかな。

空気が漏れるような音がする。

どうもそれは、自分の呼吸のタイミングと合っているみたいだ。

重いまぶたを、なんとかこじ開けた。

まぶしさに痛む目をすがめて見たものは、白い天井と照明、カーテンレール、上部がメッシュになったクリーム色のカーテン。

（え……？）

五感がだんだんと戻ってくる。

この色調。この匂い。この雰囲気。肌に触れる綿の感触。

マヒロは病室にいた。

第六章

青い空に、綿毛のようにあいまいな雲が点々と浮かんでいる。

暖かい日だ。

マヒロは大きな採光用の窓がついたサンルームのような休憩所で、ベンチに座ってぼんやり外を眺めていた。この医大病院は知っている。配達のバイト中、よく通りかかった。

まさか自分が入院することになるとは。

というより。

(ほんとに戻ってきちゃったよ……)

というか、生きてたんだな。

(こっちの、おれ……)

目を覚まして状況を把握したとき、真っ先に考えたのはそれだった。

自動車と接触事故を起こしたあと、救急車でここへ運びこまれ、四日間意識不明だったらしい。けがの具合は左半身を中心とした打撲と、肋骨、鎖骨、大腿骨の骨折。

そこそこ満身創痍に思えるが、上半身の骨折は自然に治るのを待つしかなく、脚にはもうボルトが入っているので、ベッドで寝ている必要もない。むしろ傷の癒着を防ぐため、どんどん歩けと言われている。

　というわけで、覚醒から三日目の今日も、松葉杖をついて病院内をうろついているのだった。

（おれ、白いな）

　自分の手足が目に入るとびっくりする。白いし、細い。傭兵をしていた肉体とはかなり違う。やっぱりあれは別世界の、別人の肉体なのだ。

（いや……）

　違う人生を歩んでいたら、ああいう自分になっていたかもしれないという、ＩＦの存在なのかもしれない。違うかもしれない。よくわからない。

　目を覚ました当日は、検査と問診と、母親との面会で終わった。マヒロと母親は、あまり連絡を取りあっていなかった。しかしほかに肉親もいないため、事故にあったときに警察から連絡がいったのは、やはり母親だったらしい。

『びっくりさせないでちょうだい』

　マヒロが目覚めたと知って病院にやってきた母親は、あきれたようにそう言った。

　久しぶりに顔を見た。向こうの世界に行っていたせいで心理的にも久しぶりだが、実際丸二年ほど会っていない。実家は引き払ったし、彼女が今の夫と暮らしている家に行く理由もないからだ。

　マヒロの両親は、マヒロが中学校に上がるときに離婚した。以来、マヒロは母ひとり子ひとりの家庭で育った。安定した職に就いて母親に楽をさせてやるべきという自覚はずっとあった。なのに不安定極まりない舞台役者を辞める覇気もなく、アルバイトでしのぐ日々。

母親はマヒロが成人したあと再婚しており、彼女自身の生活は何不自由なく満たされている。それでも、孝行息子ではなかったという負い目は消えない。

『ごめん』

『事故の処理はしておくから。気に病まないでいいわよ』

マヒロの容姿は母親似だと言われる。ただ彼女はマヒロと違って愛嬌があり、友人が多い。母親は息子がいなくても生きていける人なんだと、マヒロは思春期のころから悟っていた。

一番の心配事だった相手ドライバーの件は、マヒロがまじめに自転車保険に入っていたことも功を奏し、弁護士が間に立って穏便に示談交渉を進めているらしい。

『弁護士なんてお願いできたの？』

『わたしの夫の職業を忘れた？』

そうだった。母親の再婚相手は弁護士なのだった。言われるまで忘れていたところをみると、自分も母親にそんなに興味がないのだとマヒロは反省する。

『じきに退院でしょ？　その身体でひとり暮らしも大変だろうから、様子を見に行くわ』

『ありがとう。いろいろ手間かけてごめん』

『入院生活に必要なものはそろってるはずだから、足りなかったら言ってね』

親身ではあるが、どこか事務的な会話だけをして、母親は帰っていった。

昨日は劇団の主宰が見舞いに来た。マヒロと連絡が取れなくなったため、緊急連絡先である母親のところに連絡し、意識不明の重体であることを知ったらしい。

『ゆっくり治して、また一緒に作品をつくろう』

そう言って、ひと抱えほどある花束を置いていった。マヒロの劇団は、一公演ごとにギャラが払われる。当然ながら出演しなければ一円も払われない。マヒロの回復にどれだけ時間がかかろうが、劇団にはなんの痛手もないのだ。

花束の代金を現金でくれたほうが正直、ありがたい。

みみっちいが、切実な思いが胸をよぎった。

そうだ。これがおれの人生だった。

(エルンたちは、どうしてるかな……)

目を閉じて、記憶の中の匂いや音をすくい取ってみる。

最後の記憶は、エルンが自分を呼ぶ声だった。ただその声も、靄がかかったように現実味がなく、文字どおり、どこか遠い世界の出来事みたいに感じる。

その喪失感が、もとの世界に帰ってきたことを実感させるという皮肉。

虚無だ。


「マヒロ、腕が落ちたんじゃね?」

テッポが人の悪い笑みを浮かべた。そんなことはないと証明してみせようとして、投げた石は的をかすかに揺らしただけだった。

「もう一度だ」

エルンが石を投げ返す。石は弧を描いて飛び、マヒロの手に収まった。

夕闇の中で、ふたつの金色の光がきらめいている。目標を捕らえ、エルンが跳躍すると、残像のように金の筋が見えた。見とれるマヒロの前で、エルンが吠えた。

あたりを震わす、勝利の遠吠え。

筋肉を束ねて編んだような肉体。褐色の肌。

「もう一度だ、マヒロ」

穏やかな声で、エルンが名前を呼ぶ。マヒロは懸命に石を投げて応える。

薄暗い病室で目を覚ました。

頼りない肉体が、汗でじっとり湿っている。

マヒロは両手で顔を覆った。


寝直したあとも、似たような夢を見た。おかげで寝不足だ。

翌朝、朝食を終えるとすぐにマヒロは中庭に出た。まだ早い時間帯だからか、だれもいない。

長い木の枝を見つけたので、松葉杖をベンチに立てかけて、身体が動く範囲で素振りをすることにした。不思議な感覚だ。剣を振る動きを、脳は覚えているのに、身体が覚えていない。別人の肉体に入り込んで、無理やり操っているような気分になる。

もっともそれは、全身をけがしているせいかもしれないが。

数分ほど枝を振っていると、人の気配に気づいた。

パジャマ姿の年配の男性が、おぼつかない足取りでうろうろしている。くたびれたサンダルからのぞくかさついた爪先が土で汚れていて、マヒロは声をかけずにいられなかった。

「あの、なにか探してますか」

男性は、きょとんとした顔で屈んでいた腰を伸ばす。マヒロのほうを見てはいるが、マヒロのことは見えていないような調子で「おれの財布だよ」と悲しそうに言った。

マヒロは思わず、えっ、と言いそうになった。

（財布を探してたにしては……）

男性は足元なんて見ていなかった気がする。

「このへんで落としたんですか？」

なにを聞かれているのかわからないみたいに、男性が首をかしげる。気の毒になって、一緒に探すことにした。とはいえ、そう広くない中庭だ。植込みの中やベンチの下を見ながら一周すると、もう探す場所がなくなってしまう。

「もういいよ、ありがとうね、お兄ちゃん」

手助けしたつもりが、逆に背中を叩いて励まされてしまった。去っていく男性の小さな背中を見送りながら、無力感を噛みしめる。

こういうときは、素振りだ。

マヒロは再び枝を振りはじめた。こうしていれば、少しは意味のあることをしている気になれる。それに、向こうの世界とのつながりを保てるような気もする。

無心で振る。同じ動きをくり返していると、次第に意識と肉体が分離しはじめる。風の中の湿気の匂い、日射しが教える季節と時間帯、規則正しく楽になっていく呼吸。

『違う、振りかぶるのが早いんだって。なんでそんな急ぐんだよ』

ああ、まただ。

少しでも意識が外界からそれると、心はあの世界に戻っていく。

『そんなに早い？』

『早いよ、見てろ』

器用なテッポは、人まねをするのもうまいのだった。ユーリャナを相手に、マヒロの動きを再現してみせる。客観的に見ると、たしかに早かった。

『な？　振りかぶるところを見せたら、剣の軌道の始点を教えてるのと同じだ。よけやすくしてやってるようなもんだよ』

『わかった。もう一度お願いします』

『……違ーう！　お前、毎回ぴったり同じだけ早いよ、なんで？』

困り果てるテッポに、マヒロは萎縮する。すると、聞いたことのない笑い声がした。

そばの木にもたれかかり、稽古を見ていたエルンが、おかしそうに笑っているのだった。目を細め、牙のある歯列を惜しげもなく見せ、くっくっと肩を揺らしている。

『経験はないと言うわりに、頑固なくせを身につけてるものだな？』

『だよなー？』

『でもマヒロの動きはきれいだよ。流れがあるし、華もある』

『そうだな。まるで見せるための剣だ』

鋭すぎるんだよ……と記憶の中の自分と現在の自分が、同時にぼやく。

エルンは木から離れ、マヒロの前にやってくると、テッポから剣を取りあげ、片手で振った。

『一度染みついたくせは消えない。上書きするつもりでやれ』

（で、こてんぱんにやられたんだよな……）

縦横無尽に走る自在な剣の軌道というものを、これでもかというほど思い知らされた。忙しいエルンが直接稽古をつけてくれる機会は少なかったが、やるときはとことん相手になってくれた。

エルン。

（今、なにをしてますか……？）

「島崎さん、痛みはないですか？」

呼びかけにはっとして、手を止めた。

看護師が渡り廊下から声をかけてきたのだった。マヒロも顔を覚えている、若い小柄な女性の看護師だ。彼女がしゃべると、小鳥が鳴いているような感じがする。

彼女は小走りにマヒロのそばまでやってくると、マヒロの手の中の枝をじっと見た。

「すみません、ちょっと運動不足で」

思わず弁解したマヒロに、にこっと笑いかける。

「身体を使うお仕事でした？　回復が早いのも、そのせいですかね」

「あ、えーと……使うといえば、使うかもです」

「今日は午後に検査があるから、お昼のあとは呼びに行くまで部屋にいてくださいね」

「わかりました」

看護師はきびきびした足どりで戻っていった。

かわいらしい顔立ちと肉感的なうしろ姿。以前なら、思わず物欲しげな視線を送っていた気がする。だけど今のマヒロの心は動かない。けがで体力が落ちているせいか、それとも……

なにかを思い浮かべそうになって、頭を振った。

都心の病院は、敷地内こそゆったりした空間の造りになっているものの、周りを見渡せば高層ビルが立ち並んでいる。

スマホは事故で粉々になってしまったらしい。だけど新しいものを用意する気にもならない。連絡帳を復旧することはできないだろうし、できたところで、今連絡を取りたいだれかもいない。

たくさんの人に助けられて、こうして生きているのに、人生は漫然と流れていく。人が密集した世界で、ポカンとあいた空間にひとりきり。

むなしすぎて申し訳なさすら感じる。

ふと、二階の窓が目に入った。

端から四つ目の窓が、マヒロの病室だ。おかしいな、とマヒロは首をひねった。窓は閉まっているのにカーテンが動いている。目を凝らすと、窓際に人影が見えた。

マヒロのいる四人部屋は、この数日間にも何度か顔ぶれが入れ替わり、今はマヒロともうひとりしかいない。そのひとりは、移動時は車いすで、あんなふうに窓辺で動ける状態ではない。

（シーツ交換、とか……？）

それにしても、なんとなく違和感がある。

木の枝をもとあった場所に戻し、屋内に入った。階段を上がると、マヒロの隣の病室に、男が入ろうとしているところだった。くたびれたシャツに作業服のようなズボン。あきらかに入院患者ではなく、かといって見舞いの客にも見えない。

マヒロは無意識に気配を殺し、男が入っていった病室をのぞいた。

四つあるベッドのうち、二か所はカーテンが引かれている。そこには人がいるということだ。男は堂々と、不在のベッドの備えつけキャビネットを開け、荷物を探っていた。

「おい」

考えるより先に声をかけていた。脳内でもうひとりの自分が慌てている。

（いや、ここ日本だから。やられる前にやれ、の世界と違うから！）

関係者かもしれないし、なにか事情があるのかもしれないじゃないか！

一理ある。だけど傭兵として過ごした時間が、マヒロに直感を信じることを学ばせていた。中庭で会った男性の切ない探しものも、この男の仕業かと思うと怒りが湧く。

わかる。こいつは悪党だ。

男はぎょっとしてマヒロのほうを振り返った。意外に若い。三十代か、もしかしたら二十代の可能性もありそうだ。男は松葉杖姿のマヒロを上から下までさっと観察し、小ずるく勝算を見出したようだった。表情に余裕が戻る。

男が向かってきた。マヒロを突き飛ばして部屋を出ようという魂胆だろう。

（逃がすわけ、ないだろ！）

最小限の動きでかわし、男のシャツの襟をつかんだ。とっさに使った利き手は、鎖骨を痛めた側だ。上半身に激痛が走るが、離しはしない。

邪魔な松葉杖を放り捨てた。逃げようとする男の力を利用して、押して倒す。折れている脚の踏ん張りがきかないせいで、もつれあうようにして廊下に転がった。廊下にあちこち打ちつけるたび、骨折した場所に衝撃が伝わって、目がくらむほど痛い。さいわい体格はマヒロのほうが上だ。もはや手足に力が入らないため、全体重をかけて男の逃走を封じる。

物音を聞きつけて、すぐにだれかが来るだろう。それまで耐えればいい。

男の荒い息を聞きながらそう考えたときだった。

視界の端にひらめくものがあった。

（あ……）

刃物だ、と認識した。果物ナイフが、マヒロの首めがけて振りおろされようとしている。

病室のキャビネットから持ち出したのかもしれない。獰猛さのない家庭的な形状の刃は、殺傷能力があるようには見えず、男もそう思っているのかもしれなかった。

だけどマヒロには、その刃がどんなふうに皮膚を突き破って、その下の重要な組織を破壊するのか、イメージできた。

まともにくらったら、今度こそ助からない。そう直感した。

ほとんど記憶にないのに、車のブレーキ音が聞こえる気がする。自転車に乗ったまま、恐ろしいほどの質量がぶつかってくる感触を、身体が覚えている。

よけなきゃ。

そう思うと同時に、感じた。

これで、エルンに会えるかもしれない。

また、あの世界に行くことができるかもしれない。

脳裏にふわりと漂いはじめたその思いを、かき集めて抱きしめた。そして決めた。

必ず会ってやる。もう一度。

男の血走った目と視線がぶつかる。絶対に身体を動かすまいと決意を固める。

(刺すなら、刺せ!)

ぶつかられたような衝撃を最後に、マヒロの意識は途絶えた。


――マヒロ!

声がする。

聞きなれた声だ。そして、聞きたかった声だ。

まぶたを薄く開ける。これが限界。

「マヒロ!」

エルンの顔が目の前にあった。

どうやら自分は、仰向けに寝転んでいるらしい。見おろしているエルンの黒い髪が、垂れて彼の顔に影をつくっている。エルンの肩越しに見えるのは、自分が落ちてきた崖か。けっこうな高さを落ちたんだな。

崖にへばりつくようにして下りてくるのは、テッポとライノだ。ユーリャナとシーヴラハックもあとを追っている。

「マヒローっ、生きてるかーっ」

ふふ、と笑いそうになって、身体がまったくそれを許さないことに気づいた。

「動くな、今止血する。必ず助けるからな」

あなたのそんな必死な声、はじめて聞きました。

そう言いたいが、息をするのも億劫だ。

視界が再び暗くなっていく。四肢の感覚が薄れ、浮いているみたいだ。だけど危機感より安堵のほうが大きかった。ここは土の匂いがする。

仲間が叫ぶ、自分の名前。不思議なほど心地よく、眠気を誘う。

マヒロは意識を手放した。

(会えた……)

薪のはぜる音がする。

風向きが変わると、冷えた頬に炎の熱がふわっと届く。

マヒロは焚き火のそばに寝かされ、肉体の防衛本能のようなものから起こる眠気と戦っていた。空気にまざって、薬草の匂いと生々しい傷の臭いを感じる。

「藩主の輿は無事だったとよ。マヒロのお手柄だな」

「フィアナさまたちは、長々といったいなにを話しあってんだ？」

「責任の所在と、城への報告のことで揉めてるみたい。あと崖下の荷物をだれが取りに行くか」

「あんなもん、なくたって死にゃしないんだから、捨てろよ。今取りに行ったら、それこそ盗賊の残党とはちあわせだろ」

隣の焚き火を囲む仲間たちの、ひそやかな話し声が聞こえる。ときおり自分の名前が出るのがくすぐったくて、マヒロはうとうとしながら笑った。

それを聞きつけたのか、すぐそばに座っていた人影が振り向く。

焚き火の逆光の中で、金の瞳がきらめいた。

「起きてたのか」

静かな声だった。

返事をしようとしたが、がさついた喉からは声が出ない。口をぱくぱくさせていると、エルンがふっと微笑んだ……ような気がした。

「ここはゆうべ野営した場所だ。あれ以上進むのは無理だと判断し、戻ってきた」

やはりいつものそっけない声だ。

見間違えたのかもしれない。ドキッとしてしまったのを、なかったことにしようと思ったとき、エルンがこちらに手を伸ばした。

ひんやりした手のひらが、マヒロの額を覆う。

エルンはすぐに手を引っこめると、手元の作業に戻った。小さなすり鉢で、薬草をすりつぶしているのだ。器用な手つきで薬草を小さく丸めると、ひとつをマヒロの口に放りこむ。

そして、その上から木の椀で豪快に水を注いだ。

「飲め。化膿止めと熱冷ましが入ってる」

(雑だよ……)

首から上をびしょびしょにしながら、マヒロはなんとか飲みこんだ。

「残りは乾かしておく。起きたときと寝る前に、たっぷりの水で飲むんだ。忘れるな」

「……おれ、熱あります……?」

「今はそれほどでもないが、これから出るはずだ」

小さな葉で丸薬をくるみながら、エルンはマヒロの胸元に視線を落とした。

「傷があと少しそれていたら、止血が間に合わずに死んでただろう。運がよかったな」

「運……」

病院でのひと幕が脳裏をよぎった。

あのあと自分はどうなったんだろう。一度目のときと同じように、かろうじて一命はとりとめて、昏睡状態で〝こっち〟のマヒロの戻りを待っているんだろうか。

いや、それとも今度こそ――……

急激な眠気を感じて、考えるのをやめた。傷のせいか薬のせいかわからないが、猛烈に眠い。身体が敷布にめりこんでいくような気がする。指一本動かせない。

「……エルン」

声を振り絞った。

「おれ、あなたに会いたくて、戻ってきました」

朦朧としていて、ちゃんと伝えられたかどうか自信がない。片づけをしていたエルンが振り返り、少し怪訝そうに首をかしげる。

「眠れ。明日はここを動かない」

子どもに言い聞かせるような声だった。

マヒロの意識は、地面に引っ張られるようにして遠のいた。

身体が熱を持ちはじめたのを感じる。全身をくまなく覆っている激痛が、脈に合わせて強弱する。まるで身体の内側から殴られているみたいだ。

おれ、生きてる。

痛みにほっとしながら、マヒロは眠った。

夢うつつに激痛と発熱に耐えかねて目覚め、薬を飲んで眠り、また目が覚める。これをくり返して時間が過ぎていった。

天幕の中で、ふと意識が浮上するたび、必ずエルンがそばにいて、道具の手入れやなにかの計算をして、静かに雑事をこなしている。それを見るとマヒロは安心して、再び眠りに落ちる。

こんな満ち足りた幸せを感じたのは、子どものころ以来かもしれない。

曖昧に覚醒した意識の下、そんなことを思った。


「歩けんのかよ、マジで!?」

藩境に向けて、再び野営地を発つことになった朝、自力で立っているマヒロを見て、テッポとユーリャナが『うそだろ』という反応をした。

「骨はどこも折れてないし」

「そうは言っても、死にかけたんだよ？」

「それもたった二日前だ。オレら、お前を運ぶのに担架でもつくるかって話してたんだからな」

「過保護だなあ」

マヒロは笑ったが、ふたりの心配そうな顔を見て、笑い事ではないと悟った。

実際、立っているだけでやっとではある。刺された傷を保護するため、左腕は布で吊っていて自由にはならない。だがそれをのぞけば、程度はどうあれ、ほかは打ち身と擦り傷でしかない。

それに、明るいところであらためて見て気づいた。クランの面々もたいがいひどいありさまだ。あちこち傷だらけで装備もずたずた、元気な者はひとりもいない。

移動に耐えられないほどの負傷者は、フィアナ、クランともにここで旅を終えることになったらしい。壊れた荷車なども置いていく。さらにそれらを警護するための人員も残すから、これから進行する隊列は、だいぶコンパクトなものになる。

「せっかく足が無事だったんだし、最後までみんなと行きたい。遅れて迷惑をかけるようなら、考えるから」

テッポとユーリャナは不承不承といった感じでうなずいた。

「しょーがねえな。無理しすぎんなよ」

「きつくなったら、囮の輿に乗せてあげるのはどう？　あれは落っことしちゃったんだっけ」

「おぶってやればいいよ、ユーリャが」

「マヒロなら歓迎するよ」

あはは、と笑うふたりを見て、マヒロは安心した。壊滅寸前ではあるものの、エタナ・クランはまだ大丈夫そうだ。

だけど……

マヒロは周囲を見回す。クランの中に、ライノの姿がないことが気になっていたのだ。

「あの……ライノは元気？」

テッポが肩をすくめた。

「まあな。なんかひとりでよく考え込んでるけど。正直、今それどころじゃねーし」

「そっか……」

「そう言うお前も、この間まで団長とぎくしゃくしてなかったか？」

う、と言葉に詰まる。

「ちょっと、まあ、うん」

「やっぱりなー。なんかおかしな空気流れてたもんな」

「エルンがマヒロのけがの面倒を見るって言いだしたとき、ほっとしたよね」

「したした」

うっ……

見抜かれていたことへの羞恥心と気まずさから逃げようと、別の話題を探す。

ちょうどそのとき出発の号令がかかり、マヒロはほっとした。


隊列は想像以上に小さくなっていた。最後尾から先頭が見えるほどだ。

(きっつ……)

マヒロは肩で息をしながら、なんとか脱落を免れていた。

小ぶりの剣を腰に差しているのみで、あとは手ぶらだ。それでも丸一日半まともな食事を取っていなかったこともあって、体力が追いつかない。

熱は薬で抑えているし、傷の痛みもわかりやすくてまだいい。とにかく全身が思うように動かないことに、マヒロはショックを受けていた。ひとことでいうなら『不調』だ。

(これ、精神的にこたえる……)

基本的に健康で、風邪もほとんどひかずに生きてきた。

体調が悪いと、こんなに身体が言うことを聞かないものなのか。

(でも、生きてる)

その実感が力をくれる。

とはいえ、じりじりと遅れを取り、気づけば隊列の一番うしろになっていた。一歩一歩を慎重に踏み出さないと転びそうで、急ぐこともできずに歯を食いしばる。

ふと人の気配を感じて顔を上げたら、いつの間にかエルンが隣を歩いていた。

「あっ……すみません、遅くて」

「もう少しで休憩だ。今日は移動距離も短い。がんばれ」

気遣うような調子も笑顔もないが、言葉は優しい。マヒロはうれしくなった。

「あの、エルンの薬、飲むと身体が楽になってくのがわかって、すごく効きます。薬草の勉強、したんですか?」

それまで目を合わせていたエルンが、ふっと顔をそむけ、前方を見つめた。言い淀むように何度か口を開いては閉じ、やがて早口につぶやく。

「母親が薬屋だった」

母親!

エルンが身の上話をするだけでも珍しいのに、『母親』とは。

「いろいろ教わったんですね。小さいころから仕込まれた、みたいな?」

「まあ」

「お母さんは、今？」

「無駄口を叩いてないで、体力を温存しろ」

ぴしゃりと会話を終わらせると、エルンは再び先頭のほうへ行ってしまった。

調子に乗ってあれこれ聞こうとしすぎたらしい。口を動かしているほうが、身体の不調を気にしなくて済むというのもあった。マヒロは反省し、足を動かす作業に戻った。

じきに、二日前に盗賊の集団と乱闘になった崖に差しかかった。道は急激に細くなり、土砂崩れに見せかけた岩もそのまま残っている。

足元に注意しながら、マヒロは崖下をのぞきこんでみた。あのとき無我夢中で落としたものが散乱している。盗賊も軽々しく回収できる場所ではなかったのか、荷物もそのまま残っているようだ。荷車や輿は衝撃で大破しており、自分もあそこまで落ちたのだと思うと、肝が冷えた。

（我ながら、よく生きてたな……）

隊列が短くなったこともあり、緊張に満ちた区間はすぐに抜け、夕方早くに一行は、山間の開けた場所に着いた。

「今日の拠点はここだ。野営の準備をしろ」

「え、もう？」

エルンの指示に、団員たちは不思議がった。まだ日暮れまでにはかなりの時間があり、馬もラバも元気なのに。

「フィアナと団長さまには、お考えがあるんじゃねえの？　おれらには知らされねーけどよ」

聞えよがしにライノが言い、ただでさえ危うい空気をぴりつかせる。

「まあまあ、兄さん。水場でも探しに行こうよ」

ネウリッキになだめられながら、ライノは野営地を出ていった。

やっと再開した遷主の旅も、行き先が不穏だ。当のエルンはフィアナに呼ばれ、向こうの陣地で何事かを話しあっている。

（とりあえず、今日はこれで休める……）

疲労困憊のマヒロは、へなへなとその場にへたり込んだ。

こわばった身体を、おそるおそる揉んでほぐす。恐ろしいほどガチガチだ。

昨夜、強い痛み止めをつくってほしいとエルンに頼んだら、『痛みは感じたほうがいい』と断られたことを思い出す。エルンの言葉の意味が、今はよくわかった。無理をしたら、きちんと身体に跳ね返ってくるのだ。安易に痛みを消したら、さらに肉体を痛めてしまう。

（これはよくほぐさないと、明日は本当についていけなくなるぞ……）

動く右手だけで必死にマッサージしていると、テッポとユーリャナがやってきた。

「大丈夫か。よくがんばったな」

マヒロの身体をぺたぺたとさわり、テッポが「熱はない」とうなずく。

「夕食ができたら呼ぶから、それまで休んでろよ。お前の天幕も張っといてやるし」

「ちょっと傷を見ていいかな？」

ユーリャナが、マヒロの左腕を吊っていた布をそっとはずし、服を脱がせた。包帯をくるくると巻き取っていく。至れり尽くせりだな、とマヒロはありがたみを噛みしめる。

「あ、きれいだね。少しも膿んでない」

「エルンの薬のおかげだと思う。よく効くんだ」

テッポも手伝って、新しい布を四角く切り、軟膏を塗って湿布薬をつくる。ユーリャナはそれを傷口に貼り、手早く包帯を巻き直した。

「団長ってさ、あんま言わないけど、薬草の知識がやたら豊富なんだよな。なんならユーリャと張るんじゃね？」

「ぼく以上だよ。ぼくの知識は偏ってるから」

へえ、とマヒロは興味深くふたりの会話を聞き、ふと口を挟んだ。

「お母さんが薬屋さんだったんだって？」

「そうなの⁉」

ふたりが同時に叫んだ。予想外の反応に、マヒロはたじろぐ。

「え……知らなかったの？」

「知らねーよ。自分のことなんて話さねーじゃん、あの人」

「ふたりにも？」

テッポとユーリャナは、こくりとうなずいた。

「まあ、薬に関しては、専門家が身近にいたんだろうなって想像はしてたけど。いったいどうやって聞き出したの？」

「なにもしてないよ。エルンのほうから、ぽろっと……」

「エルンのほうから！」

「マジか！」

「そんなに驚くこと？」

反応の激しさに、マヒロのほうが慌ててしまう。このふたりにも言っていないなんて、エルンはいったいどれだけ秘密主義なのか。テッポが腰に手をあて、はーっとため息をついた。

「お前が生きててくれてよかったなあ、ほんと」

「え？」

「はい、ほかの傷にも薬を塗っておいたよ。今日はしっかり食べて、ゆっくり寝てね」

「ありがとう」

『手当て』とはよく言ったものだ。ユーリャナが優しく触れた箇所は、あきらかに痛みが軽くなっている。マヒロはようやく人心地がつき、ほっとした。

「ふざけるな！　話が違う！」

突然、険しい声が野営地に響いた。

エルンの声だ。クランの団員たちが作業の手を止めて、何事かと声のしたほうを見る。

「なんだ……？」

「珍しいね、戦闘中でもないのに、エルンがあんなに声を荒げて……」

つきあいの長いテッポとユーリャナが驚いているのだから、相当に珍しいことに違いない。

激したエルンは、話し相手のフィアナにつかみかからんばかりだ。シーヴラハックがなんとか押さえ込み、なだめながらクランのほうへ連れて戻ってくる。

「理解してくれ、エルン。合理的な判断だし、もう決まったことだ」

「一方的すぎる」

「報酬は契約どおり支払うとのことだ。なにが問題なんだい？」

「……………！」

怒りのあまり言葉も出ない様子だ。その深刻さに、テッポが駆け寄った。

「おいおい、どうした？」

エルンはそれには答えず、シーヴラハックを追い払い、「全員を集めろ」と指示する。

「遷主の計画に変更がある」

「ここまで来てかよ？　おーい、いない奴を呼び戻せ！　集合だ！」

ちょうどライノとネウリッキが戻ってきたところで、全員がそろった。とはいえ前の野営地に残っている団員もいるため、この場に集まっているのは二十名ほどだ。

「ここで藩主の交換を行うことになった」

エルンは静かな声で告げた。

めいめいが頭を働かせるような短い沈黙が降りたあと、テッポが首をかしげる。

「藩境の関所まで行かないってことか？」

「そうだ」

予定どおりならば、今回の藩主の入れ替えは藩境の真上、つまり関所で行うはずだった。フィアナとエタナ・クランは新藩主を警護しながらイソまで戻る。ただし一部は現藩主の護衛を続け、そのまま隣の藩の城まで行く。

「手間がはぶけたじゃねえかよ。ここで待ってりゃ向こうが来てくれるってことだろ？」

ライノの言葉に、マヒロも同感だと思った。それで報酬が出るのなら、むしろお得ともいえるのではないだろうか。メンツのようなものは多少傷つくかもしれないが、エタナ・クランにそれを気にする人がいるとも思えない。

だがエルンは、憤懣やるかたないといった様子で唇を噛んでいる。さらに団員たちが驚いたことに、詳細の説明もそこそこに、荒々しい足取りでどこかへ行ってしまった。

テッポがため息をつき、「とりあえず食事の支度だ」とみんなを散らした。

食事の時間にもエルンは現れなかった。

夕暮れが訪れ、空は穏やかな藍色に染まろうとしている。食欲のないマヒロは、最低限の食べ物を押し込んで食事を終わらせ、身体をかばいながらエルンを探しに出た。

エルンはまっすぐで背の高い木が好きだ。そういう針葉樹が群れて生えている場所が、野営地から見えたので、とりあえずそこを目指した。

勘はあたった。野営から少し下った細い川のほとりの木の上に、エルンはいた。

遙か頭上の枝の股に、鳥の巣のように丸まったエルンのシルエットが見える。近寄る前から、とっくにマヒロの存在には気づいているだろうに、見向きもしない。

マヒロも登ろうと試みたものの、片腕が使えない状態では不可能だと悟り、「エルン」と遠慮がちに声をかけた。

「下りてきてもらえませんか。おれ、登れなくて」

光る目がじろっと動く。エルンは少し考えるそぶりを見せてから、するすると幹を伝って下りてくる。身長の倍ほどの高さまで来ると枝を蹴り、ふわりと一回転してマヒロの目の前に着地した。

「なんだ」

「……少し話せないかなと思って。時間、ありますか」

エルンはなにも言わず川原のほうへ降りていき、平らな箇所を探して、片ひざを抱えて座る。マヒロも隣に腰を下ろした。

「あの、まずはあらためて、崖でのこと、ありがとうございました。エルンの素早い処置がなかったら助からなかったって、ユーリャから聞きました」

川面を見つめる横顔には、なんの反応も見られない。ただしだまれとも言われなかった。

「おれ、エルンのお母さんのこと、テッポとユーリャに話しちゃったんです。すみません。まさかふたりが知らないと思わなかったので」

「べつにいい。隠してたわけじゃない。話す機会がなかっただけだ」

「軟膏、ほとんどおれにくれたんじゃないですか。自分のぶん、ありますか」

エルンは今気づいたように、自分の手足を見た。治りかけの切り傷や擦り傷がそこかしこにある。

そのひとつをなぞると、ふんと鼻を鳴らした。

「こんなの、舐めておけば治る」

「そうなんですか」

やっぱり便利だな、と素直に納得したマヒロを、エルンがもの言いたげな目つきで眺める。マヒロははっとして、思わず傷ついた声を出した。

「もしかして、冗談ですか」

「あたり前だ」

その『あたり前』がわからないから、こっちは大変なのに……

「人が悪いですよ」

「お前たちより治りが早いのはたしかだ。痛みにも、おそらく強い」

傭兵向きですね、と言いたかったが、それがいい意味になるのか自信がなく、口をつぐむ。せっかくの会話だ、気まずい空気にしたくない。

「記憶が戻ったのか？」

「え？」

「けがした直後、眠ってるときに母親に謝ってたと、ネウリッキが言ってた」

なんだって？

（おれが寝言で、母さんに？）

「それは……ええと」

思いがけないことを聞いてたじろぐ。自分なりに思い切って向こうの世界を捨ててきたつもりだったのに、夢で謝るような未練があったのか。

たしかに、最大の親不孝をした自覚はある。おそらくだが、もとの肉体は、もう生きていない。これまでなんとなく抱いていた感覚――ここではないどこかに、自分の一部が存在しているような――がすっかり消えてなくなっている。

親密とはいえない親子関係だったとはいえ、親より先に逝くのはどう考えても不孝だ。物理的、事務的な手間もかけることになり、申し訳ないとも思う。

ひと言、ごめんと言っておきたかった。それは本心だ。

けれど逆に言えば、ごめん、で終わりにしたいくらいの人生だったともいえる。

「……実は、覚えてることも少しはあるんです。いつごろの記憶かは定かじゃないんですけど。それでまあ、こんなけがまでして親不孝だなあと、反省したのが出たのかなと」

なるべくうそをつかないようにした結果、ふんわりした説明になった。それでもエルンは納得したらしい。「そうか」とつぶやいて、川面に視線を戻す。

この物静かな団長が、どうやったらあそこまで激高するんだろう。

「どうして遷主の仕事がほしかったんですか？」

エルンはなにも言わずに、夕暮れに染まる川を見つめている。質問されるのをいやがっているようには見えないので、マヒロは続けた。

「この仕事を取るためにクランをつくったんですよね。それって相当な苦労もあったと思うんです。……なんで、そこまで？」

　川のせせらぎに重なって、虫の声がする。昼間とは違う、夜に向かう時間の虫の声だ。じっと耳を澄ましていると、エルンが口を開いた。

「藩境の向こうを見てみたかった」

　ぽつりとこぼれた、独り言のようなつぶやきだった。

　マヒロはじっと続きを待ったが、もうエルンは、自らしゃべる気はないように見える。

「……理由を聞いてもいいですか？」

「獣人が、普通に暮らしてる藩がどこかにあると聞いたから」

　マヒロはまた待った。

　が、やはり続きはもうないようだった。

（え……それが理由？）

　ほかに類を見ない傭兵団という組織を考案し、起ちあげ、狙いどおり遷主の仕事を手に入れてここまでやってきた。その理由が、『藩境をまたぐため』だというのか？　ただそれだけ？

（それって……）

　……あまりにも素朴すぎないか？

　なにも言えなくなって、マヒロはうつむく。エルンが足元の小石を拾い、川に投げ入れた。

「ほかにやりようがあったのかもしれない。だが、おれにはこれしか思いつかなかった」

「通行手形は、なかなかもらえないって、おれも聞きました」

「『なかなか』？」

皮肉るように、エルンが眉を上げる。

マヒロははっとした。なかなかもらえないどころではない。獣人であるエルンは、おそらく『絶対に』もらえないのだ。この藩で暮らしている限り、一生……

少し話したことで弾みがついたのか、エルンは抱えていた片ひざをほどき、両足を投げ出した。

「もちろんほかにもいろいろ考えてはみた。隊商に紛れこむとか、他人の手形を手に入れるとか。だがおれは、見れば『そう』とわかってしまうから」

言うそばから、沈みかける日の光が反射して、エルンの瞳が金色に光る。目の下から縦に走る黒い筋は、周辺の皮膚とは質感が異なり、はっきりと存在が見てとれる。

「遷主の日程は厳しく決まっているし、藩境を越えたあとは自由行動など許されない。それは承知のうえで、試してみたかった。なんとかして街の様子を見て、獣人の暮らしを知りたかった」

「知って、どうするつもりだったんですか？」

「どう、と言えるほどの計画はないんだが。うわさどおり獣人が自由に暮らしてるなら、要人にかけあって通行手形をもらうなり、移住の段取りをつけるなり、そのための人脈をつくるなり……できることをひとつでもしてくるつもりでいた」

エルンがマヒロのほうへ顔を向け、わずかに苦笑する。

「なんなら、そこで行方をくらまそうかとも思ってた。向こうの居住権を得れば、向こうからこちらに来ることは、逆よりはたやすいかもしれないから」

「それ、残されたおれたちが困ります」

「だろうな。それでも機会があれば、おれはやった」

もはや叶わぬ夢だとあきらめたのか、エルンの顔は穏やかだ。

マヒロは切なくなった。

「そんなに生きづらいですか、ここは」

出自はどうあれ、エルンには人望がある。能力も才能もある。それらすべてを捨ててでも逃げ出したいほど、この藩で生きていくのは苦しいんだろうか。

(……決まってるよな、そりゃ)

わかってはいるけれど、聞かずにはいられない。それは知らないところで捨てられようとしていた側の、子どもっぽい、すねた感情なのかもしれなかった。

エルンは少しの間空を見つめて、話しだした。

「おれの母親は薬屋だった」

「はい、聞きました」

「おれを生むまでの話だ。生まれたのが獣人だとわかると、店を壊され、村も追われた」

「え……」

「残念ながら、おれは小さいころ、今よりもっとわかりやすかった」

「わかりやすかった……?」

「全身に産毛があって……獣の仔がどんな姿をしてるか、お前もわかるだろう?」

わかる。毛玉みたいで、手足ばかり大きくて、動きがおぼつかなくて……。だけどマヒロの常識では、それは全部「かわいい」につながる要素だ。

（本人だけじゃなくて、家族まで……）

「母は腕のいい薬師だった。だが村で仕事を続けることはできなくなった。村のはずれで細々と、買い手を探して薬をつくり、売って暮らしてた。事情を知らない遠い村まで売りに行くこともあった。もちろんおれを連れては歩けないから、そういうときは、おれは家で母の帰りを待ってた」

「あの、お父さんは？」

「いない。旅人だったらしい。母はおれに読み書きや計算を教えてくれた。おれはどうして自分が、村の子どもたちのように学校に行けないんだろうと不思議で……」

当時の気持ちを思い出すように、首をかしげる。

「一度、母にだまって村の学校をのぞきに行った。子どもたちはおれを見つけると、石を投げてきた。そのとき、ようやく自分の境遇を理解したんだ。同時に、母にはなんの罪もないことも」

エルンは子ども心に罪悪感を抱き、姿を消そうとしたこともあったらしい。けれど母親は毎回、どうやってか、エルンがどこにいても見つけて連れ戻しに来たそうだ。

「八つくらいか……下働きができる歳になったら、すぐに仕事を探した」

「八歳で……!?」

「寒村では珍しいことじゃない。こんなおれでも、選ばなければ雇われ先はあった。娼館の客引きとか賭博場の掃除とか、なんでもやった。幼いなりに家計を支えようとしたが、うちは貧しいままで、やがて母は身体を壊した」

いつの間にか、エルンは再び身体を丸め、両ひざを引き寄せている。

「母はおれと違い、普通の人間だ。食べなければ弱るし、回復も遅い」

エルンが語るところによれば、獣人の成長は、一般的な人間のものとは違うらしい。エルンの場合もその特徴は顕著で、思春期をすっ飛ばすように一気に成長し、十二歳ごろには今と変わらない体格になっていたそうだ。

そうすると、用心棒——といえば聞こえはいいが、ヤクザ的な人物の体のいい『盾』役——を任されるようになり、そこで腕の立つ人間を見つけることができた。その男に護身術や格闘の基本を叩き込んでもらい、やがて傭兵という職業を選んだ。傭兵なら、いい仕事をしさえすれば出自は問われないことが多いからだ。

家を出て傭兵として稼ぎ、母親に仕送りをしたが、母親は弱っていくばかりだった。診てくれる医者はいない。やっと見つけても、足元を見て法外な値段を要求してくる。遠い土地に母親を移すことも考えたが、結局、いつエルンのことを知られるか、怯える日々が待っているだけだ。

「母の人生は、どうしてこうなった？　おれはまだいい、自分の荷物だから。だが母は、おれを産みさえしなければ普通に生活できた」

抱えたひざの上で腕を組み、そこにあごを乗せて訥々と話す。恨み言にも聞こえない。この世の仕組みが心底不思議でならないといった口調に、マヒロは代わりに泣きたくなる。

「母はまだ、かろうじて生きてる。おれは母が生きてるうちに、別の暮らしを見せたい」

ようやく納得した。エルンは、藩の向こうに母親を連れていきたかったのだ。だからこんなまわりくどい方法をとったのだ。エルンひとりなら、強引に密入国することもできただろう。それをしなかったのは、自分ひとりが脱出すればいいわけではないからだ。

数年をかけて入念に準備された夢は、藩境を目前にして途絶えてしまった。

「本当の目的をみんなに言ったら？　きっとわかってくれます」

「それで？　おれはみんなに見逃してもらいながら、クランを捨てるのか？」

「あ……」

「おれは許されたいわけじゃない。目的を果たしたかっただけだ」

なんだよ、この人。

いったいどれだけ孤独にがんばってきたんだよ。気ままな団長みたいな顔をして、こんなに大きくて重い夢を抱えていたなんて、どういうことだよ。

ふとマヒロの胸に、明確な感情が降ってきた。

――おれ、この人が好きだ。

これまで感じていた畏怖や敬愛とは違う。エルンが好きだ。

でも……

（エルンは、おれにそんな執着は、してない……）

どう考えたって、エルンが一番大事にしているのは、母親を安らげる場所に連れ出すという夢だ。

マヒロのことは、よくて手のかかる新米団員、悪ければ具合のいい性欲処理相手くらいにしか思っていないだろう。

「つまらない話をした」

エルンが立ちあがった。慌ててマヒロも腰を上げ、あたりがすっかり夕闇に包まれていることに気づく。まずい。

「おれ、戻ります。灯りを持ってきてないんで」

エルンと違い、暗闇では歩けない。よく知らない山で闇の中を歩くのは自殺行為だ。

「不便だな」

「来た道を帰るだけだし、ぎりぎりなんとかなると思うんですけど……」

内心で冷や汗をかくマヒロを、エルンは気の毒そうに一瞥する。

「おれはもう少しここにいる」

「じゃあ、失礼します」

沈んだ太陽を背にして進めば野営地に着くはずだ。慌ただしく辞去し、小さい土手を駆けあがって、川原から林へと入った。

瞬間、目の前に人影が立っていた。

「うわっ」

「おう」

バカでかい影はすぐわかる。ライノだ。危うく胸の中に飛びこむところだった。

「お前、けががひどいんだろ、そんなに慌ててると転ぶぞ」

「灯りがないから、急いでて」

それを聞くと、ライノは腰に提げていた小ぶりのランタンをはずして差し出す。

「持ってけよ。おれはエルンに道案内してもらって帰る」

マヒロはライノの気恥ずかしそうな顔を見て、彼がなにをしに来たのか悟った。エルンと仲直りをするつもりなのだ。

「……ありがとう。さっきの話、聞いてた？」

「風向きがよくてよ」

気まずそうに吐き捨てる。ふと、この青年はもしかしたら、思っているよりずっと若いんじゃないかという気がしてきた。

「あのさ……いきなり申し訳ないんだけど、ライノっていくつ？」

ライノが顔をしかめる。

「ほんとにいきなりだな」

「ごめん、急に気になって」

「はたちだけど、なんか文句あるか？」

「はたち！」

この間まで未成年じゃないか。いや、この世界では違うかもしれないけれども。

思わず大きな声を出したマヒロに、ライノはあからさまにいやそうな顔をする。きっとまわりの団員に比べて年齢が低いこともコンプレックスなのだ。マヒロはもう一度「ごめん」と謝った。

「しっかりしてるから、もう少し上かなと」

「どうせお前も、おれのことバカにしてんだろ、テッポみてえによ」

「テッポ？」

ランタンの灯りの下でもわかるほど、ライノの耳が赤くなる。

「説教くらった。さっき」

聞けば、食事の最中に呼び出されたらしい。

『お前の気持ちが複雑なのはわかるよ、だけど団長がフィアナに媚びてるみたいな見かたはやめろ。そうじゃねーことくらいお前もわかってんだろ。むしろフィアナからの批判の矢面に立ってくれてんのが団長じゃねーか。ガキみたいにすねてクランの空気悪くしてんじゃねーよ。いや実際ガキだったたな。とにかく頭下げて仲直りしてこい、アホ』

「それは……けっこう言われたね」

「だろ。うるせえよって、そんときは返したんだけどさ」

あとになって反省し、エルンを探していたというわけか。年齢を知ったせいか、反抗的な態度もかわいく見える。なんだ、年相応に意地っ張りなだけじゃないか。

「テッポがそこまで言うのは、ライノがクランに必要な存在だからだと思うよ」

「急に兄貴ヅラするじゃねーか」

「実際、だいぶ年上だし。早く行かないと、エルンも帰っちゃうよ」

仕事的には新米なのを棚に上げて偉ぶってみると、ライノは緊張をほぐすように頬をぐりぐりとこすり、土手の下へ歩いていった。

マヒロはその場に立って見守った。川べりに佇むエルンに、ライノが声をかける。振り返ったエルンに驚いている様子はない。おそらくとっくにライノの存在に気づいていたのだ。

（じっくり話せるといいよね）

自分からなにかを語ることは少ないエルンだが、団員の声に耳を貸さない人ではない。あのふたりは、きっともう大丈夫だ。

川原はすでに藍色の闇に染まっており、ふたつの人影も黒く沈んで見える。人影が近づき、会話が始まるのかと思えたとき、突然、小さいほうが大きいほうに手をかけて引き倒した。

（えっ？）

なにが起こった？　いきなりけんかでも始まったのか？

マヒロが目を凝らす先でエルンが不自然に身をよじり、ライノの上に崩れ落ちる。

「エルン、ライノ！」

マヒロは土手を飛び降り、ふたりのところに駆け寄った。ライノがエルンを押しのけ、身体を起こしたところだった。エルンはライノの上からすべり落ち、ごろりと川原の小石の上に転がる。

「おい、エルン。どうしたんだよ」

「エルン！」

ランタンで照らしても、見開かれたエルンの目の瞳孔は収縮しない。喉をヒューヒュー鳴らし、震えながらおかしな呼吸をしている。

左の上腕に、矢が突き刺さっていた。エルンはわななく右手でその矢をつかみ、恐るべき意思の力で引き抜いた。くの字の矢じりが、肉をもぎ取っていく音がする。マヒロの肌が粟立った。

傷口から血があふれ出た。けれどそこを押さえる力はもう残っていないらしい。力の抜けた手足をぐにゃりと投げ出し、苦しげな呼吸をしている。

「この矢、どこから……」

小石を踏む音がして、少し離れたところに小男が現れた。

ボロボロの衣服を身に着け、小ぶりの弓を持っている。もう一方の腕は、ひじの上からなくなっているようだ。空っぽの袖が風になびいている。

ライノがはっとして、マヒロにささやいた。

「あいつ、崖でお前を刺した奴だぞ」

「えっ？」

言われて男を凝視するものの、暗いのと記憶があいまいなのとで、よくわからない。

男は欠けたほうの腕をあげると、耳障りな声で笑った。

「これのお返しだよ、獣人！」

そう言い捨て、よたよたと去っていく。追いかけようとしたマヒロを、ライノが押しとどめた。

「放っておけ、あの様子じゃ、どうせ長くない。それよりエルンだ」

ふいにエルンが背中をたわませて咳きこみ、激しく嘔吐した。

その様子に、マヒロとライノは青くなる。これは――……

「毒だ……！」

「ユーリャ、助けて！　エルンが……」

野営地に戻ったマヒロは、ユーリャナの天幕に飛びこんだ。

大きな天幕の中にはテッポとネウリッキもいた。三人でカードゲームに興じていたらしい。マヒロの様子に一大事だと察したのか、三人ともなにも聞かず立ちあがった。

「エルンがどうしたの？」

「毒だと思うんだけど、わからない。震えて、吐いてる」

そこに、エルンを抱きかかえたライノが入ってきた。

ユーリャナは奥に手早く敷布を整え、エルンを寝かせる。エルンはここに運ばれてくる間にも、みるみる衰弱していた。

「これは……なにか食べた？」

「いや、毒矢だ。マヒロを刺した奴がいただろ、あいつが仕返しに来た」

「生きてたのかよ、しぶといな！」

テッポが声をあげた。気を失ってからの事情を知らないマヒロに、ネウリッキが補足する。

「マヒロの兄さんが刺されたあと、団長さんはそいつを半殺しの目にあわせたんだよー」

「エルンが？」

「あやうく不殺の掟を破りかねない勢いだったぜ。オレら総出で必死に止めたんだ」

「この腕の傷が、矢が刺さった場所？　だいぶひどくえぐれてるけど」

「エルンが自分でやったんだ」

「なるほど、じゃあ、わざとまわりの組織ごと抜いたんだな、さすがだね」

「一応、矢も持ってきたぜ」

「ありがとう」

ライノから矢を受け取ると、ユーリャナは矢じりの付着物をナイフでこそげ取り、持っていた布にこすりつけて観察する。テッポも矢を取りあげ、しげしげと眺めた。

「矢筈が歯形だらけだ」

「口でつがえたんだろ。片腕はエルンが斬ったせいで、なかった」

「飲んだなら、なんとかなったかもしれないけど……矢か。血にまざった毒は厄介なんだ」

眉間にしわを寄せるユーリャナに、ライノは自分の腕を見せる。ひじの上に鋭く擦ったような傷があり、じわじわと血がにじみ出ていた。

「これも同じ矢だ。なんでおれは無事なんだ？」

「獣人にだけ効く毒があるんだよ。テッポ、水をたくさん持ってきて。マヒロ、火を強くして」

「了解」

テッポが天幕を飛び出していく。マヒロは焚き火に薪をくべ、温かい空気がエルンのところに行くよう、天幕の垂布を下ろした。

水を飲ませようとしても、エルンは吐き出してしまう。ずぶ濡れになるほど汗をかいていたのに、すっかり引いて肌がかさついてきている。よくない状態だとマヒロは本能的に感じた。

「たぶん、リリトキシンだと思う。リリウムの根から取れる毒で、人間には無害だけど、猫には猛毒だ。向こうは完全にエルンを狙ってきたんだね」

「やっぱりあんとき仕留めておけばーっていうのは、言ったらダメなやつかー」

マヒロはおそるおそる尋ねた。

「猛毒って……解毒剤は？」

「ないって聞く。少なくともぼくは知らないし、もちろん持ってない」

全員が愕然として言葉を失った。天幕内に沈黙が降りる。

「……エルンは、どうなるんだ？」

「毒の濃度と量にもよるけど、最悪の事態も考えられると思う」

ライノは力が抜けたように、へなへなと背中を丸めた。

「じゃあ、おれをかばったりしなきゃよかったじゃねえかよ。あんな死にぞこないの射った矢、たいした傷にもなんねーのに……」

(おれのせいだ)

川岸は風があった。男は臭いで気づかれないよう、風下から近づいたんだろう。それでも普段のエルンなら、あの血と膿の臭いを嗅ぎ分けられないはずはないのに。

普段のエルンじゃなかったのだ。あんな話をさせてしまったから。

マヒロはうなだれるライノの背中をそっと叩いた。痛いほど気持ちがわかる。自分が責任を感じたところでなんの意味もないってことも、お互いわかっている。

「ただいまっ。水を汲んできたぞ、外にも置いてある。エルンの様子は？」

テッポが革袋を抱えて戻ってきた。

「傷の手当てはしたよ。あとは水を飲ませ続けることと、体温を下げないこと」

「交代で見守りをしよう。ふたりずつだ。最初はオレとユーリャが担当するから、そのほかは寝ておけ。とくにマヒロ、お前はまだ体力も戻ってないだろ」

「でも……」

「寝られるかよ……」

口々にこぼすマヒロとライノに、ユーリャナが微笑む。

「じゃあ、ライノは薪になる枝を集めてきてくれるかな。マヒロはエルンの荷物を探してきて」

ふたりは返事もそこそこに天幕を飛び出した。

エルンはどんなに寒くても野外で眠るのを好むので、めったに天幕を張らず、荷物を置く場所もまちまちだ。今日はどこに置いたのかと、ランタンの灯りを頼りに野営地を走り回って、見つけた。

エルンの荷物は、マヒロの天幕のすぐそばに置いてあった。

きっと今夜も、マヒロのけがの具合を案じて、目を離さずにいるつもりだったのだ。

『最悪の事態も考えられると思う』

（いやだ……）

使いこまれた革の鞄に手を伸ばす。

エルンになにかあったらと想像するだけで、背筋が凍る。

（いやだ、エルン――……！）


夜が更け、やがて明けはじめた。

ほかの団員が起き出してきたら、エルンの状態を隠しておくことはできない。

「どう説明するか……」

「今後どうするかも考えないと、だね」

テッポとユーリャナが、静かに話しあっている。

結局、全員がつきっきりでエルンを看ていた。エルンは意識のないまま苦しみ続け、水もいっこうに受けつけない。それでも苦しむ体力が残っているだけ、救いだといえるのかもしれない。

「……水、汲んでくる」

マヒロは革袋を手に天幕を出た。燃えるようなエルンの身体を冷やすため、水はいくらあっても足りない。汲み置きの水もまだあるが、できるだけ新鮮な水を用意してやりたい。

天幕の外では、ライノとネウリッキが焚き火の番をしていた。夜どおし緊張を強いられ、うつらうつらしている。マヒロはずり落ちた毛布を、ふたりの肩にかけ直した。

東の空から太陽が顔をのぞかせようとしている。西の空はまだ夜だ。すでに川辺は朝もやの気配が立ちこめている。水辺まで下りて革袋を水流に浸すと、冷たさで手がしびれた。

幻想的な景色も相まって、なにもかも現実味がなく感じる。

うそだろ、とだれにともなくつぶやいた。

(助かるよな？　このまま、なんてことないよな？　あのエルンに限って……)

せっかく再会できたばかりなのに、こんなこと。

(会いたくて戻ってきたんだって、言ったじゃん……)

すぐ川上で人の気配がした。はっと身体を緊張させ、マヒロはにじんでいた涙を拭う。

「やあ、マヒロ」

木陰からひょいと顔をのぞかせたのは、アルマスだった。まるで道端で偶然会ったような気楽さで、長い髪を揺らして川辺に出てくる。

「アル……え？　どういうこと？　なんで？」

マヒロは混乱した。ここはそもそも、人が通りがかるような場所じゃない。

服装も不自然だ。寒気よけにマントを羽織ってはいるものの、その下はとても旅装とはいえない。

上質な上下を着込み、足元は街で履くような布靴だ。

(どうやったらあの格好でここまで来られるわけ？)

散歩でもしているような足取りでそばまでやってくると、アルマスはマヒロの隣にしゃがみこみ、マヒロの代わりに、満杯になった革袋を引きあげた。

「ちょっと風がざわついていたから、なにかあったんじゃないかと思ってね」

幻かと思うような唐突な出現だが、触れあいそうな腕から感じる体温は本物だった。川の水で冷えた指が、マヒロの目じりをそっとなでる。

「泣いてるじゃないか。なにがあったか話してごらん」

「……おれたちの団長が……知ってるよね、エルンっていうんだけど、あの、獣人で……」

回らない頭で必死に説明するのを、アルマスは真剣な顔で聞き、最後にうなずく。

「なるほど、どんな毒かは検討がついた？」

「薬に詳しい仲間が、『リリトキシン』じゃないかって」

「ふむ……」

少し考え込むと、アルマスは大きな手でマヒロの肩を力強く叩いた。

「わたしが助けてあげられるかもしれない。準備をして戻ってくるから、ここで待てる？　それからきみたちの天幕まで、人目につかないようわたしを潜りこませておくれ」

「助けられるの？」

絶望的な不安に、はじめて差した光明だった。久しぶりに圧倒的な大人に出会って、気がゆるんだのもあるのかもしれない。再び涙がこみあげてくる。

「もしかしたらね。だから、べそをかくのはおやめ」

アルマスは優しく言い聞かせ、現れたときと同じように、風のように木立の中に消えた。

「遅かったじゃねーか！　またなんかあったかと……どちらさま？」

マヒロに続いて天幕に入ってきたアルマスを見て、テッポがきょとんとする。ほかのメンバーもぽかんとして闖入者を見つめていた。当のアルマスは落ち着いたものだ。

「お邪魔するよ。わたしのことはマヒロから聞いておくれ」

それだけ告げるとまっすぐエルンのもとに向かい、枕元にひざまずく。

「知りあいなんだ。信頼できる人だから、絶対」

「知りあいが、なんでここにいるんだよ？」

「だよね……」

ライノの突っこみももっともだ。

「なにか手伝いましょうか」

アルマスの隣に、ユーリャナが進み出た。アルマスは革の道具入れを開きながら短く答える。

「ありがとう。経過を説明してくれるかな」

広げられた道具を見て、マヒロは驚いた。聴診器、ピンセット、メス……。現代の日本の工業製品のような精巧さはないが、あきらかに医療器具だ。

疑いのまなざしを送っていたライノとネウリッキも、エルンを診察するアルマスの手際のよさに、なにも言えなくなっている。ユーリャナはアルマスの手元を興味津々で見つめ、テッポを呼び寄せて手伝いをさせはじめた。

エルンがぴくりと動いた。

「エルン……！」

ひと晩中呼びかけても、なんの反応もなかったのに。マヒロは駆け寄って顔をのぞきこむ。そのとたん、跳ね起きたエルンにものすごい力ではじき飛ばされ、うしろに転がった。

「いてっ！」

「なんだなんだ、どうした？」

「エルン、ぼくがわかる？　ユーリャナだよ」

エルンはアルマスに押さえこまれ、じたばたともがいている。だれの声も耳に届いていないみたいだ。目も開いてはいるものの、どこも見ていないように見える。

「苦しいのかな」

「いや、これ、警戒してるんじゃない？」

「なにに？」

アルマスだけが落ち着いており、暴れるエルンを押さえつけながら、あははと笑った。

「これだけ元気があれば大丈夫かな。きみ、押さえてくれる？」

「え……お、おう」

指名を受けたライノが、こわごわエルンに体重をかけ、抵抗を封じこめる。引っかかれようが爪を立てられようが、岩のように動かないところはさすがだ。

アルマスは道具入れから注射器と、ガラス製のアンプルのようなものを取り出した。

「ちょっと、なんです、それ。変なもん使うのやめてくださいよー？」

ネウリッキがあからさまに怪しむ。マヒロは急いでとりなした。

「大丈夫だと思う。ちゃんとした道具だよ」

「ぼくも聞いたことがある。身体に直接薬を入れる器具でしょう？」

アルマスはうなずき、天幕内の面々に微笑みかける。

「おかしなことはしないよ。わたしは料理もするし酒もつくるけど、医者でもあるんだ」

マヒロは内心で、えーっと声をあげた。

ただ者じゃないと思ってはいたけれど、そこまで？

アルマスは暴れるエルンの腕に素早く注射をした。エルンの全身に、見ていてわかるほどの鳥肌が立つ。しかしすぐにくたっと弛緩すると、やがて寝息を立てはじめた。

「あんなに苦しんでたのに……」

顔をのぞきこんで、ユーリャナが感嘆の声を漏らす。マヒロもそっと様子を確かめた。あきらかに顔色がよくなっており、呼吸も安定している。

安堵のため息が、天幕内に広がった。

アルマスが道具を手早く片づけ、布で手を拭う。

「これでしばらくは大丈夫。これまでどおり、水を飲ませて、身体を温めてあげてね。きみが薬に詳しいという仲間かな？　ネリオの町で見かけたことがあるかもしれないね」

「ユーリャナです。ぼくもあなたに見覚えがある気がしますよ。それにしてもすごいな、どこで医学の勉強を？」

「きみたちより少し長く生きてるからね。当座の薬の処方を書いておいたから、きみに預けるよ。毎日飲ませてほしい」

「本当に感謝します。いつかゆっくりお会いできますように」

「わたしもそう願うよ」

アルマスは片目をつぶると、さっと立ちあがった。

「だれかに見つかる前に、わたしはこれで。案内はもういらないよ」

そう言い残して、あいさつもそこそこに出ていってしまう。

「アルマス、ありがとう！　お礼は必ずするから！」

マヒロは天幕から顔を出して、声をかけた。

うしろ手に手を振るアルマスは、じきに朝もやに溶けて見えなくなった。


一刻ほどのち、マヒロたちが見守る中で、エルンがゆっくり目を開けた。

ライノは首まで真っ赤に染めて、「悪かった」と震える声で詫びた。

エルンはぼんやりした目つきで周囲を見回し、不可解そうに、かすかに眉をひそめる。その視線とぶつかったとき、マヒロも涙を我慢できなくなった。


エルンはひとまず危機を脱した。

しかし団長を失ったに等しいエタナ・クランは、もはや機能しているとはとうてい言えず、シーヴラハックを通じてフィアナに状況報告をした時点で、契約終了となった。

「ま、報酬はもらえるっつーんだから、ありがたいと思うべし」

「藩主の交代、見てみたかったなあ」

テッポとユーリャナが団長代理として指揮をとり、下山の準備だ。エタナ・クランは藩主の交代に立ち会うことも許されず、先にイソへ帰らされることになった。

「護衛が足りねーじゃん」

「向こうの藩で人を集めて、増強中だって」

「そんなすぐ集まるってすごくね？　うわさどおり、藩自体が裕福なんかな？」

任務を完遂できない心残りはあるが、エルンが回復に向かっていることもあって、みんなの雰囲気は軽い。そんな中、ネウリッキだけがしきりに首をひねっている。

「あのアルマスって人、どーっかで見た記憶が……」

「だから、ネリオにいたんだろ？」

「んんー？」

日よけ代わりの簡易な天幕の下に、エルンとマヒロはいた。

目が覚めてから丸一日、エルンはほとんどの時間を眠って過ごしている。まだなにも食べられないが、水と薬は飲んでいる。

そろそろエルンにも旅支度をさせる時間だ。凍えないようぐるぐるに毛布で巻いて、交代で背負って山から下ろすのだ。

「行きましょうか、エルン」

眠るエルンに声をかけ、敷布の上に投げ出された手を軽く握る。

弱々しい力が、握り返してくるのを感じた。

こうしてエルンの夢を乗せた旅は、計画なかばで終わった。
それから、月日は少し流れ——……

第七章

短く苛烈な冬が終わり、春がやってきた。

イソの都の郊外、北にキルピコンナの山を仰ぐ街道沿いに、一軒の酒場がある。

開店してまだ数か月。しかし昼前から客足は途切れることなく、街道に出したテラス席まで、常ににぎやかな話し声でいっぱいだ。

明るい色の木のテーブルの間を、マヒロは忙しく歩き回っている。

「白身のオムレツふたつ。オニオンとクレソンは抜いてくれる？」

「かしこまりました」

客は男性ふたり組で、会話から察するに仕事の同僚らしい。強弱はあれど、ふたりとも猫の特徴を持っている。反射板のような瞳に、鋭い爪、身体のどこかに浮き出た模様。

少しエルンを思い出させるその客を、つい目で追ってしまう。

「ムニエルが上がったよ、マヒロ」

「あっ、はい」

カウンターの奥にいるのは、アルマスだ。

ここは彼の店なのである。彼はオーナーであり、店員として店に立つこともある。エタナ・クランを退団したマヒロが仕事を探しているとき、どこからともなく現れて、新しく店を出すことを教えてくれたのだった。以来、マヒロはここで働いている。

「お待たせしました、川魚のムニエルです」

「エールのおかわりをください」

「はい、すぐに」

マヒロはテーブルにぶら下がっている小さな粘土の板に、追加の注文を書き入れた。

「新しい藩主さまは人嫌いらしいね。限られた従僕にしか顔を見せないんだって」

「まあどのみち、おれらが直接会えることなんてないけどな」

訪れる客たちの話題はもっぱら、就任したばかりの新しい藩主についてだ。

「姿絵は見たけど、あれ、実物の面影をとどめてないってほんと？」

「写す過程でどんどん変わっていってるとは聞くよね。庶民の手に届くころには別人だって」

店の外に目をやると、遠くに白い稜線が見える。あの中のひとつが、遷主のために登った山だ。

（みんな、元気にしてるかな）

テッポ、ユーリャナ、ライノ、ネウリッキ……飽きるほど毎日眺めた顔ぶれが思い出される。

それと、もうひとり。

（エルンも――……）

まだ冬が訪れる前のこと。

弱ったエルンを連れてイソの都に戻ったエタナ・クラン一行は、後払いぶんの報酬を受け取るために城へ行く必要があった。藩主交換のあとで支払われる予定だった報酬は、エルンたちが崖の下に落としてしまったからだ。

高価な荷物と仰々しい隊列のない旅は、エルンを背負っていてさえ順調だった。

『それじゃ、城代どのにお会いして、これを渡してくるよ』

城に着くと、作法がわからずまごつくメンバーに、ユーリャナがこともなげに言った。そしてフィアナから預かった書簡を携えてひとりで城扉を叩き、ずっしりした木箱を抱えて戻ってきた。

都のはずれの野営地で、報酬の分配が行われた。クランに入れるぶんを取り分け、残りを団員たちで分ける。基本は均等だが、役割や貢献度によって多少の差がある。その明細はフィアナの書簡の写しにきっちり記してあった。

『エルンがこまめに報告してくれてたおかげだね』

『自分も戦ってんのに、よく見てるよなあ。ほい、ライノ、お前のぶん』

ずっとうつむきがちだったライノが、『おれ、いいわ』とつぶやく。

『今回、おれのぶんは団に入れてくれ』

『お前、班長だしよく働いたし、加算もされてるぞ』

『なおさら、いいわ』

すっかりしおれているライノのすねを、テッポが軽く蹴った。

『団長が元気になったら、計算が合わねーって言いだすぜ』

『それならエルンの薬代にしてくれよ』

頑なライノに、ユーリャナが微笑む。

『じゃあ、ありがたく、半分はエルンの薬代にさせてもらうよ。残り半分はちゃんと受け取って。報酬を受け取るまでが仕事だからね』

聞いたことねーよ、と文句を垂れながら、ライノは半分を受け取った。

次々に団員たちに報酬が渡され、最後にマヒロがもらう番になった。自分の報酬もエルンのために使ってほしい。そう言おうとしたとき、テッポが先回りをする。

『お前はダメだぞ、マヒロ』

『えっ……』

『新生活が軌道に乗るまで、金はあるに越したことないだろ』

心の底から驚いた。クランを、というより傭兵そのものを辞めようと思っていることは、だれにも話していないのに。

『わかるんだよ。別の道を選ぶ奴を何人も見てきたからな。仕事のあてはあるのか？』

マヒロは首を横に振った。

『まだなにも。どこに住むかも決めてないし、少し時間を使って、じっくり考えてみようかなと思って。みんなは？』

『オレとユーリャは、もう少しクランの面倒を見る。解散されたら困るって奴らもいるし』

テッポはそこで言葉を切り、周囲に人がいないことを確認する。報酬を受け取った団員たちはすでに散っており、マヒロとユーリャナしかいない。テッポは声を低めて苦笑した。

『オレらは幕引き要員だ。ちゃんと着地させなかったら、団長をがっかりさせちまう』

『あ……』

なるほど。

『ふたりは、そういう約束で入ったの？』

『いや。でも団長がなにをしようとしてんのかは薄々気づいてたし、オレらが気づいてることに団長も気づいてた。なら、そういう役割を期待されてんだろーなって、なんとなくさ』

『そうなんだ……』

『エルンはクランに愛着も責任も感じてたよ。あまりそうは見えなかったかもしれないけど』

穏やかに言うユーリャナに、マヒロはうなずく。

『うん、わかってる』

そこに、山ほど布袋を抱えてネウリッキがやってきた。

『任務完了！　なんとか買えたってとこだけどー』

エルンの薬を調達しに、街に行っていたのだ。獣人に効く薬は一般的には流通しておらず、獣人以外が手に入れるのは難しい。ネウリッキの情報網と人脈のたまものだ。

『おー、すっげ！　よくやった』

『うん、指定したとおりだ。これでしばらく安心だね、ありがとう』

『あとは、定期的に診てくれる医者が見つかればなー』

眉根を寄せるネウリッキに、ユーリャナとテッポも同意する。

『ねえマヒロ、あのとき助けてくれた人は、普段は診療をしてないのかな』

『それが……』

マヒロも礼を言いたくて、イソに戻ってすぐ、アルマスが働いていた酒場に行ったのだ。

『でも、いなかった。もう辞めてたみたい』

『そっか、それは残念』

『お前はどーすんの、ネウリッキ。このあと』

『このあと？』

『クランに残る気があんのかってこと』

『ああ。おれは残るつもりですよ』

『えっ！』

声をあげたのはマヒロだけではなかった。どうやらみんな意外に感じたらしい。一見人懐こいネウリッキだが、閉じゆく組織に居残るタイプにも見えない。

『このクランってのはいい仕組みだなーと思ったんで。もう少し残って運営方法を勉強して、いずれ独立して自分のクランを持とうかなって』

『そういうことかよ、ちゃっかりしてんな！』

『遷主の直後は、藩内が安定するか荒れるか分かれるっていうからね。もしも安定して平和になったら、ぼくらの需要は減る一方だ。働きかたを考える時期に来てるのかも』

『出番がないに越したことねー職業だもんな。でも転職するっつっても、オレ、武器を扱う以外になにができたっけなー？』

現実的な話に花が咲く。どの世界でも変わらないのだと、マヒロはあらためて感じた。

みんな、持って生まれた手札を駆使して、ひたすら生きている。自分の人生を少しでもよりよいものにするために。ときには、あり得ないほどアンフェアな手札を配られながらも。

（おれは……なにをしよう……）


ほどなくして、マヒロは本拠地を目指して出発する団員たちを見送った。

すでに退団した者も多く、最終的に本拠地に戻るのは、テッポたちを入れて十名弱だ。

ラバが牽く荷車の上で、エルンは藁に埋もれて眠っていた。ついに会話ができるほどには回復しなかった。夜になるとうっすら覚醒するが、ぼんやりしているだけで反応はない。

彼らが旅立つ前夜、マヒロはエルンのそばへ行き、そっと声をかけた。

『ここにいても役に立たないので、出ていきます。今までありがとうございました』

宙を見つめていたエルンは、マヒロに視線を向けたが、表情は読めなかった。マヒロは書いておいた手紙をエルンの懐に入れ、寝床を軽く整えてから自分の天幕に戻った。

そんなことを思い出しながら、ひとまず、イソの街の中心を目指した。


それから数日間は、イソで日雇いの仕事をしてしのいだ。

掃除や修繕といった仕事を、人づてに紹介してもらってはこなす。そうしているうちに、新藩主が城に到着したといううわさが耳に入った。

『こっちからついてった護衛は、金をかっぱらって途中で逃げたんだろ?』

そんなうわさ話も飛び交った。適当なものだと苦笑してしまう。

じきに雪が舞いはじめ、冬が訪れた。

あと数日もすれば分厚い雲が山を越え、街に本格的な雪を降らすのだそうだ。そうなれば人の往来も減り、マヒロの仕事も減るだろう。

宿屋の軒先をほうきで掃きながら、マヒロは灰色の空を見あげた。

『別の町に行くか……』

『それを決めるのは、少し待ってもらえないかな』

急に背後から声がして、思わず飛びのいた。長身の男が、金色の髪を揺らして微笑んでいる。

『アルマス……!』

『わたしの新しい店で働かないかい、マヒロ?』

新たな人生への一歩は、こうして始まったのだった。

アルマスの酒場を閉める時刻が近づいてきた。

仕事帰りに一杯飲んでいく客が多く、そうした客がランタンひとつで帰れるうちに店を閉め、追い出してやらなければならない。あまり遅くなると、夜盗や野犬がうろつきはじめるからだ。

「これ、残り包んでよ」

「『持ち帰り』用にもう一品頼んでもいい？」

各テーブルから次々に声がかかる。

オーダーを通すと、アルマスがにこにこしながら言った。

「『お持ち帰り』メニュー、人気だね。うちをまねする店も増えたらしいよ」

「よかった、役に立って」

携帯するための弁当ではなく、持ち帰って翌朝家で食べることを想定したメニューをマヒロが提案したのだ。そういうサービスをしている店はほかになく、ヒットした。

店の役に立てたという自信は、今のマヒロには貴重だ。

やがて客が帰っていき、十卓あるテーブルのうち、半分ほどが空いたころ……

「獣人歓迎の店ってのはここかぁ？」

ろれつの怪しい声が店内に響いた。

戸口に大柄な男が立っていた。剃りあげた頭を下品に光らせ、おそらく獣人ではない。似たようなのをさらにふたり引き連れ、酒臭さを振りまきながら、店内に一歩踏みこんでくる。

「めざわりなんだよなあ、こういう店。虫唾が走らぁ」

こうした輩特有の、恫喝するような不快な大声だ。獣人の客たちはそそくさと席を立ち、アルマスの誘導で裏口から逃げ出した。こういう事態ははじめてではない。

というより、こういうことが多発するから、これまで獣人を歓迎する店が存在しなかったのだ。

たまに開店しても、こうした圧力に耐えられず潰れていった。

マヒロはカウンターの下から長い棍棒を手に取り、入口のほうへ歩いていった。

「すみません、今日はもうおしまいです。お帰りください」

「ああ？」

頭ひとつ小さいマヒロに、男が顔を近づけて凄む。マヒロは半歩下がり、棍棒を剣のように、身体の前に両手で構えた。今のマヒロは店員兼、用心棒なのだ。

相手が素人ではないことを見抜けるくらいには、男も腕に覚えがあるようだった。酔いが覚めたような、怯んだ表情を一瞬見せる。けれどマヒロにも、それほど余裕があるわけではなかった。

『急所は基本、身体の中心線の上にある。逆に言えば、そこを避ければ死なせることはない』

エルンたちから教わったことを思い出す。棍棒を握る手に汗がにじんだ。

（これ以上暴れないでくれよ……）

しかし、そんな願いもむなしく、男たちは足元の樽を蹴り飛ばし、マヒロに向かってきた。押しのけようと手が伸びてくるのを感じ、棍棒を握り直す。しかたない、戦うしかない。

戦意をかき集め、両足のスタンスを取ったときだった。

「邪魔なんだが」

落ち着き払った声が響いた。

突然、ぎゃっと呻いて男たちが次々に倒れる。開きっぱなしの戸口の向こうに、人が立っていた。マントを頭からかぶり、右手を手刀の形に浮かせたままだ。

店頭のランタンに照らされたその人影は、マヒロのほうに顔を向け、フードをうしろへ払った。

現れた金色の目が、ほんのわずか、笑ったように見える。

マヒロは構えを解くのも忘れ、呆然とつぶやいた。

「エルン……」


マヒロが住んでいるのは、酒場からさらに郊外に向かって歩いたところにある、小さな一軒家だ。

入ってすぐの部屋が居間、ダイニング、客間を兼ねており、続き部屋を寝室にしている。

エルンは小さなダイニングテーブルのそばに立って、興味深そうに室内を見回した。

「いい家だな」

「もとは門番の小屋だったらしいんです、すぐそこが、昔の領地の入口で」

キッチンとして使っている小さなスペースで茶の支度をしながら、マヒロは不自然な早口で答えた。そわそわして、慣れているはずの作業もおぼつかない。

だって、エルンがこの家にいる。

(思わず連れてきちゃったけど……)

あのまま店で一緒に食事をしたほうが自然だっただろうか。

でも、仕事が終わるまで待つと言ったのはエルンだし、帰宅するマヒロになにも言わずついてきたのもエルンだ。

「ずいぶん前に領地を広げたんで、ここは使わなくなったらしくて。傷んでるからって安く買い取らせてくれたんですよね。土地も少し借りたので、菜園にするつもりです」

「良心的な領主に会えてよかったな」

廃屋状態だったところにあちこち手を入れて、ベッドやテーブルも自分でつくった。現代の日本の住みやすさを少しでも再現しようと改装された家は、エルンの目には不思議な住まいに映るらしい。旅装も解かず、しきりにきょろきょろしている。

「お待たせしました。どうぞ、座ってください」

ひとつしかない椅子を勧めると、エルンはようやく腰を下ろした。マントを脱いで椅子の背にかけると、マヒロが置いたカップから立ち上る湯気を、じっと見つめる。

マヒロは苦笑し、部屋の隅から木箱をふたつ運んできて重ね、エルンの正面に腰かけた。

「ぬるくしてありますよ」

「助かる」

それでもなお慎重に確かめてから、やっとひと口すする。どうやらお気に召したらしく、舌なめずりすると、勢いよく飲みだした。

「うまい」

「裏で採れるハーブのお茶です」

こんな些細なことを話したいんじゃない。だけど聞きたいことがありすぎて、言葉が出てこない。

マヒロは落ち着かない気分で、何度も手をズボンでこすった。

「あれはなんだ？」

エルンが窓の下を指さした。そこには、つくりかけのすだれが丸めて置いてある。

「あれは……ええと、呼びかたがわからないな、枯れた葦をこう、糸でつなげて、夏になったら窓の外に吊るすんです。日差しを和らげる効果があるのと、虫も入りにくくなります。ここに住みはじめたとき、刈った葦が大量に置いてあったので、なにかに使えないかなと思って。まだつくってる途中なんですけど……」

エルンの視線に気づいて、マヒロは口をつぐんだ。

「すみません、ひとりで喋っちゃって……」

「夏までここにいるつもりなんだな」

はっとした。はっきり計画していたわけではないが、言われてみればそのとおりだ。この住処でしばらく過ごす準備を、楽しんでいる自分がいた。

「……ですね、できれば、今の仕事も続けたいし」

「そうか」

うなずくエルンは穏やかで、どこか満足そうに見える。

「……あの」

このまま会話が一段落してしまう前にと、マヒロは思い切って尋ねることにした。

「どうして、ここに来たんですか？」

エルンが懐からなにか取り出し、開いてテーブルに置く。四つ折りの羊皮紙だ。

「お前が、これを置いていったから」

マヒロの手紙だった。悩みに悩んで書いた夜を思い出す。

【今までありがとうございました。元気になったら、また会いたいです】

心の中にある思いをすべて書こうとしたら、結局、それだけになってしまったのだった。

「……持っててくれたんですね」

感動のあまり上擦りそうになる声を抑えこむ。エルンは再び手紙を畳むと、懐にしまった。

「お前が内容を忘れてたら、見せてやる必要があるから」

「自分で書いたのに、忘れませんよ……」

「もっと早く来るべきだったんだろうが、起きあがれるようになったのが、このひと月ほどでな」

そんなに強い毒だったのかと愕然とする。あのときアルマスが現れなかったらと思うと、今さらながらにぞっとした。

「エタナ・クランは冬の終わりに解体した。その後もテッポとユーリャナが、近くに宿をとりながらおれの世話をしてくれた。気のいい亭主が、納屋をおれの寝床にしてくれたんだ」

「みんながどうしてるか、わかりますか？」

「ふたりは個人の傭兵業に戻った。ライノはネウリッキに誘われて、新しいクランの設立準備をしていると聞いた。ほかも、ちらほら耳に入ってはきてる」

療養時代を思い出しているのか、エルンが背もたれに寄りかかり、ふーっと息をつく。

「おれは体力が戻るのを待って、イソに向かうことにした。お前が働いてると、テッポたちから聞いたから」

「おれに会いに、イソへ来たんですか？」

「そう言ってる」

「……どうして？」

「会いたいとお前が書いてたから」

わりと勇気を出して聞いたのに、身もふたもない返事だ。これはこれでうれしいが、聞きたかったニュアンスとは、ちょっと違う……。マヒロは両手の中でカップをくるくる回した。

「おれはまた個人での仕事に戻る。そうしたら連絡も取りづらくなる。せめてお前が定住してるうちにと思って、来た」

「そうですか……」

「新藩主が来てから変わったというイソの街も見てみたかったたし。それにあの男は、おれを助けてくれたという医者だろう？　その礼もしたかったんだが……」

「すみません、ゆっくりお相手もできず」

「いい。忙しいところにおれが邪魔したんだろう」

「イソの街、変わりましたよね？」

アルマスの店は、藩主とともにやってきた新しい風を象徴しているともいえる店だ。そこで働いていることはマヒロの小さな誇りであり、自慢でもある。

だがエルンは肩をすくめただけだった。

「ごく一部だ。道中、おれが感じた空気は、これまでと変わりなかった」

「……そうですか」

そうかもしれない。獣人歓迎の店はいまだに数えるほどしかなく、人々の価値観が変わったというには無理がある。マヒロは、勝手になにか成し遂げた気になっていた自分を恥じた。

エルンが励ますように微笑む。

「時間がかかって当然だ。あきらめずに続けてくれたら、多くの獣人がきっと救われる」

他人事みたいに言うんですね。

さみしくなって、文句のひとつも口にしたくなる。

エルンが立ちあがり、マントを羽織った。

「ごちそうになったな」

「もう行くんですか」

「じゅうぶん邪魔した。しばらくイソに滞在するから、また店に行く」

革の合切袋を身に着け、すたすたと戸口へ向かう。マヒロは慌てて追いかけた。

「もう少しいてください」

「疲れてる。街の灯りがあるうちに寝る場所を探したい」

「それなら、宿をとれば……」

「おれが『宿』に？」

皮肉に口の端を上げるエルンに、急いで言い添える。

「そうじゃなくて、その、近くにだれでも泊まれる宿屋ができたんです。もちろんエルンも」

「じゃあ、のぞいてみる」

エルンはうなずき、木のドアを押し開けた。足を止めようともしてくれない。

(行っちゃうよ……！)

「あの、やっぱり、そうじゃなくて！」

思わず腕を伸ばし、エルン越しにドアを閉めた。勢いがつきすぎて、たいそう大きな音がする。

エルンが眉をひそめるのも当然だ。

「お前、大丈夫か？」

「大丈夫です。あの、もしよかったら、というか、できたら、いや、なるべく……」

知らず知らずのうちにすぼまっていく声を、振り絞る。

「……うちに泊まっていきませんか」

最後は懇願するような声になった。

とてもエルンの顔を見ては言えなかったので、マヒロはうつむき加減に顔をそむけていた。

返事を待っていたが、いつまでたってもエルンはひと言も発しない。こわごわ様子をうかがうと、
大きな金色の瞳がじっとマヒロを見つめていた。

「あの……」

「それは、どういう意味だ？」

「どういう、って」

そんなまっすぐ聞かれると、困る。

「言葉どおりの、意味です」

「そんなに緊張して言うほどの内容か？」

あきれ声でそう言うと、エルンはマヒロの胸をぐいと手で押した。

押しのけようとしたんだろう。それはわかっている。だけどマヒロの身体は、意に反してびくっと震えた。布越しに感じた手のひらの温度に反応したのだ。

顔が熱くなるのを感じて、マヒロは目を泳がせる。エルンは一瞬ぽかんとしていたが、すぐになにかを悟ったように、にやりと笑った。

「おれが本当に回復したのか、確かめたいわけか」

「そういうわけじゃ……」

「現金なものだな。おれを突き飛ばしたくせに」

「あれは……！」

(あんな前のこと、根に持ってるとか、うそだろ……！)

うれしいんだか厄介なんだかわからない。

エルンはぐいと身体を寄せ、マヒロの耳にささやいた。

「好きにしろ、おれは元気だ。必要なら証明もできる」

ふたつの手が、マヒロの腹のあたりを意味ありげに這う。マヒロはなんとか平静を保ち、エルンの両手をつかんで引きはがした。

「そうじゃ、なくて！」

エルンが顔をしかめる。

「お前、さっきから『そうじゃない』ばかり言ってるぞ」

「あなたが『じゃない』ことばかりするからです」

「おれのせいか」

「そうは言いませんけど……」

マヒロはエルンの両手を握ったまま、うなだれるように首を垂れた。そのままエルンの肩に顔をうずめる。エルンが不思議がっているのが伝わってくる気がした。

「泊まっていってくださいと言ったのは、すみません、そういう意味です。でも、こういう……前にしてたような、一方的なのじゃなくて」

本当に、今さらなにをこんなに緊張しているんだろう。

震える手で、エルンの手をぎゅっと握る。

「もっと、き、気持ちが入ったのを、したいです」

エルンはなんの反応も見せなかった。

まったく理解されていない気配を感じ取り、マヒロは顔を上げる。勇気を出して正面から見つめると、エルンがぽかんとした顔で見つめ返してきた。

「おれは……あなたを大事にしたい。あなたを……」

伝わるよう、必死に言葉を選ぶ。

「大事に、抱きたいです。ダメですか……?」

やはり、なんの反応もない。

マヒロは再びうつむき、唇を噛んだ。エルンが一歩下がろうとして、ドアにぶつかる。

「無理だ」

はじめは拒絶されたのだと思った。けれど顔を上げて確かめたエルンの表情は、拒絶というより困惑に近いように思えた。戸惑い、理解が追いつかなくて呆然としているような顔だ。

エルンはマヒロに手を取られたまま、ふるふると首を振る。

「無理だ」

「……それは、いやだって意味ですか」

「無理だと言ってる。やったことがない」

「教えます」

「無理だ」

「無理じゃないです」

子どもじみた押し問答をしながら、じりじりと距離を詰めていく。ドアを背にしているぶん、エルンのほうが分が悪かった。当惑しきった顔で、どこにも行けずにいる。

「そもそも、どうしておれだったんです？」

「え？」

「だれでもよかったんですか？　手近にいたのがおれだっただけ？」

エルンの視線が泳いだ。口がかすかに動き、なにか言う。

「聞こえません」

「わからないと言った。おれはもともと、そんなに頻繁に発情しない。必要なときだけ相手を探して、金をやりとりすることもあるし、そんなだから決まった相手は、鬱陶しくてつくらなかった。基本、相手は獣人だ。それが、お前が来てから……」

必死の言い訳みたいな早口が、急に心細げに途切れる。

「おれも、不思議で……」

エルンの手が、マヒロの手から逃れたがっているのがわかった。顔を覆いたいのかもしれない。ずっと目をそむけてばかりで、マヒロのほうを見ようともしない。

「だから、わかるだろう。無理なんだ。おれには、そういうのはできない」

「できます」

「無理だ……」

「無理じゃないです。わかってもらえるまで、おれががんばりますから」

マヒロはおそるおそる腕を伸ばし、ほっそりした身体を抱きしめた。突っ立ったままのエルンからは、反応もない代わりに、抵抗も感じない。

「ダメですか……？」

離れろとも、やめろとも言われない。

図々しいのを承知で、受け入れられたと思うことにした。

家自体と同じく、ベッドも現代の日本の使い心地に近づけてある。

しっかりした木枠にたっぷりの藁とわた。ぱりっとした麻のシーツは取り換えたばかりだ。

その上にエルンを横たえ、上半身の服を脱がす。彼はまだ呆然として、丸太のようにされるがまま、目だけを所在なさげに動かしていた。

マヒロも上を脱いで素肌になると、若干の緊張を覚えながらエルンに覆いかぶさる。

はじめにキスをしたかった。

けれど、顔を近づけてもエルンがあまりに無の状態のため、あきらめた。そのまま下のほうへ唇をずらし、首、鎖骨、肩……と、手でなでながら唇を落とす。

胸、脇腹……

エルンが呻いた。

快感というよりは、苦悶からの呻きのようだ。腕で顔を覆い、身をよじっている。

「やっぱりやめる、無理だ」

「いやですか？」

押しのけようと伸ばされた手をつかみ、マヒロは問いただした。こうなったら押し切るしかないと、もう覚悟を固めた。そんなマヒロにエルンは気圧されたように、口ごもる。

「いやでは……」

「なら、続けます」

「お前、勝手だぞ」

どの口が言うんだ、と上から目線の文句を心の中で一蹴し、無視した。

痩せた腹に口づけ、軽く歯を立てる。ベルトを外し、ズボンと肌着の腰ひもをほどき、あらわになったものに舌を這わせると、エルンが跳ね起きた。

「やめろ！」

これも無視する。

「やめろ、そういうのは、いい……！」

エルンはマヒロの髪を鷲掴みにして、引きはがそうとする。マヒロは意地でもやめてやるまいと、全力で抗った。腰を抱えて押さえこみ、深く口に含む。

「くそっ！」

エルンが口汚く悪態をつき、マヒロの髪をめちゃくちゃに引っ張った。

自分だってやってたくせに！

格闘しながらエルンの着衣をすべて取っ払い、本格的に口で追い立てていく。

腰回りや腿の感触から、以前あった筋肉がげっそりと削がれているのが感じられ、切なくなった。淡々とした話しぶりからは想像しづらいが、過酷な療養生活だったに違いない。

次第に抵抗が弱まってくる。髪に絡めた指はそのままに、エルンは半身を再びシーツの上に倒した。胸を上下させて、苦しげな息を吐いている。だんだんとその呼吸の間隔が狭まっていく中、指が行き場をなくしたみたいに、くしゃくしゃとマヒロの髪をもてあそぶ。

エルンの筋肉にぐっと力が入ったのを感じた瞬間、マヒロは口を離した。伸びあがって顔をのぞき込むと、息を弾ませたエルンが、恨みがましい目つきを投げてくる。

「まだですよ、素に戻られちゃったら悲しいんで」

プライドが邪魔しているのか、最後までやれとも言えないらしい。

顔をそむけて押しだまっている姿が珍しくて、マヒロはひとり悦に入った。不本意そうにしかめた顔を見おろしながら、片手をエルンのうしろに這わせる。

エルンの自身から垂れたものとマヒロの唾液とで、そこはすでにじゅうぶんにぬるついており、吸いつくようにマヒロの指先を招き入れた。

力なく投げ出されていたエルンの手が、ぴくっと動く。マヒロは少し考え、慎重に、エルンの腕をつけ根からたどるようになでていき、そっと手を握った。

指を絡めて握り直してみても、握り返してはこないものの、振りほどかれることもない。手のひら同士が重なりあっていると、それだけでなにかが伝わる気がする。マヒロは満足した。

エルンの頬やこめかみに唇を落としながら、一本の指でゆっくりと中をほぐしていく。

はじめて指で触れる、エルンの内側だ。本能的に閉じようとする入り口と、くにゃりと柔らかい内部。なにかがそこに押し入るのは久しぶりなんだろうと、はじめてながらに感じた。

(当然だよな、病みあがりなんだから……)

うれしさと責任感がせめぎあう。

そして同時に、ぜいたくな不満も募ってくるのだった。

いい加減、もう少し甘い顔を見せてくれてもいいのに。

かたくなに顔をそむけたままで、マヒロのほうを見ようともしない。息を乱してはいるが、まだ表情は冷静で、いつものエルンのままだ。

……と思っていたのだが。

あるところで、エルンがびくっと反応した。

マヒロは思わず手を止め、じっとエルンを見つめる。褐色の肌にはいつの間にか汗が浮き、胸がひっきりなしに上下している。

苦しがる様子がないか気をつけながら、二本目の指を入れた。エルンが呻くように喉を鳴らしたが、痛いわけではなさそうだ。先ほど反応があった場所を、加減しながら探りあてる。

「……あっ」

ついにエルンが声を漏らした。

同じ場所を、指の腹で揉むようになでてやる。

「あっ、あ、あ」

堰を切ったように、エルンの口から喘ぎがこぼれだした。マヒロが指を動かすたび、敏感に反応して声をあげる。エルンがぎゅっと手を握り返してきたとき、マヒロの心臓が跳ねた。

「あぁ、あっ、あ」

肌を震わせ、荒い呼吸をくり返す。

自分にまたがって快楽を貪る姿は何度も見てきた。それとはまったく違う、聞いたことのないエルンの声だ。マヒロの全身を、感動と興奮が駆け抜けた。

中はあっという間にほぐれ、燃えるように熱くなり、マヒロの指に絡みつく。このまま最後まで追い詰めてみたいという衝動を抱えながら、とろりと指を引き抜いた。

「入れますね」

ささやいた声も、もはやエルンには聞こえていないみたいだ。

エルンの身体を気遣いながら、はやる気持ちを抑えてゆっくりと入っていく。指とは違う圧迫感に、エルンが息をのんだのが伝わってきた。

「きつかったら、言ってください」

マヒロなりに気を遣ったのに、不機嫌そうな顔でにらみつけられた。どうやら癪に障ったらしい。どこまで意地っ張りなんだよ、とマヒロもむっとして、少々手荒にすることにした。

両足を抱えあげ、最奥を数回突く。

「うあ、あっ！」

エルンの声に、苦しそうな響きがまざる。マヒロは一瞬で後悔し、動きをゆるめた。

「あ、っ……？」

ゆるめはした。だが、注意深く狙いを定めて動かす。予想どおり、エルンは信じがたいといった表情を浮かべ、マヒロが動くたびに濡れた声を漏らした。

「あっ、なに……、あっ……」

「おれがずっと、ただ好きにされてるだけだと思ってました？」

「あ……っ」

「ここでしょ、それと……」

ここ。ここも。

エルンの好む場所を的確に狙っていく。もうエルンはなすすべもなく追い立てられ、背中を反らして声をあげるだけだ。その顎から首へ流れ落ちる汗を、マヒロは舐め取った。

「おれの言いたかったこと、わかりました？」

揺すりながらささやいたら、首のうしろに肘鉄をくらった。

完全に油断していたところへの攻撃だ。相手がだれだかを思い出し、調子に乗りすぎたと反省する。とはいえ、潤んだ瞳で怒りの形相を浮かべるエルンに、いつもの迫力はない。

「せめて、だまってやれ……」

「じゃあ返事してください。おれのしたかったこと、伝わってます？」

片足を胸につくほど折り曲げ、深く揺さぶった。エルンが喉を晒して悶絶する。

汗でぬめる肌、涙のにじむ瞳、わななく手足。髪を振り乱し、ひっきりなしにあげる喘ぎは、途切れ目もなくなって、悲鳴に近い。

『とろける』とはこういうことをいうんだろう。

のぼせた頭の片隅で、マヒロは深い満足を覚え、同時に、これだけとろけながらも気高さを失わないエルンという存在に感嘆した。

返事がほしくて、「ねえ」としつこく絡むが、エルンはそれどころじゃないらしい。

マヒロはシーツを握りしめているエルンの手を取り、自分の首に回させた。すらりとした腕が、素直にぎゅっと抱きついてくる。胸が熱くなった。

あの美しい、しなやかな肢体が、自分の腕の中にある。

こうしたかったんです、ずっと。

絶え間なく喘ぎを漏らす唇に、そっとキスをした。

しているいる行為からすると、ちぐはぐなほど清潔で純朴なキスだった。

エルンの腕に力がこもる。それに勇気をもらい、マヒロは何度か唇を押しつけ、それから深くキスをした。エルンの舌が、最初は戸惑いがちに、だんだんと明確に応えてくれる。

息をふさがないように探りあう。エルンは喘ぎながらも、マヒロの舌を求めてくる。

きつく抱きしめあった身体から、お互いの絶頂が近いことが伝わってきた。

――エルン、おれ――……

エルンの声が、ひと際切羽詰まったものになる。

――あなたが好きです。

荒い呼吸と一緒にささやいた言葉は、きっと聞こえなかったに違いない。

だけどたぶん、伝わった。

小刻みに震えながら弛緩していくエルンの身体を、強く抱く。

このままつぶしてしまうんじゃないかと思うくらい強く。

そしてマヒロは深く、長い長い息を吐いた。

エピローグ

城の床は、顔が映るほど磨かれた大理石でできている。

ひざをついて頭を下げながら、マヒロはいやな汗が背中を伝うのを感じていた。隣で同じようにひざを折っているエルンも、さすがに動揺を隠せていない。

だだっ広い長方形の部屋の隅には、シーヴラハックが直立している。

ふたりがひざまずいている場所から三間ほど離れた前方に、玉座が置かれている。ほかより数段高くなっているそこから、にこにことこちらを見おろしているのは、アルマスだった。

ここは藩主の住む城であり、玉座に座ることができるのは藩主だけであり、つまりアルマスは、新藩主であるということにほかならない。

（うっそだろ……）

エルンとの再会から一夜明けた、今日の朝。

さんさんと日が差しこむ中、疲れ果てて眠っていたマヒロとエルンのところに、シーヴラハックがやってきた。城からの伝令として来たと言う。

用件を聞いても複雑そうな表情で『登城すればわかる』と言うばかりの彼に、再会を喜ぶ間もなく身支度をして急いでやってきたら、これだ。

考えてみれば、辻褄は合う。藩主は顔パスで藩境を行き来できる。この藩の藩主になることが決まってから、たびたび出入りして市井の様子を探っていたに違いない。そしてエルンの危機を助けてくれたあのときは、遷主の終わりが近かった。当然ながら、向こうも藩境付近まで来ていたということだ。すぐ近くにいたから、なにかあったことを察し、現れたのだ。

「忙しい中、足を運ばせてしまって申し訳ない」

アルマスが口を開いた。

店にいるときは労働者然とした格好をしている彼も、ここでは絹のシャツに身を包んでいる。前の藩主を見たことはないが、たしかにこれなら藩主に見える。

マヒロは「いえ……」ともごもご言った。ほかにどう返せというのだ。

「急ぐ必要があったんだ。きみが仕事を決めてしまってからでは遅いからね、エルン」

エルンは目を丸くして、自分を指さした。

「もう書類もつくったんだよねー」

アルマスは妙に浮き浮きした調子で、そばに控えている書記官に指で合図をした。フクロウ……いやミミズクの獣人か。猛禽類を思わせる瞳に、髪はほぼ羽の質感をしており、頭の左右に耳のような冠羽が立っている。おそらくアルマスが前の藩から連れてきた官僚だ。

ゆったりと脚を組んだアルマスは、書記官から一枚の羊皮紙を受け取った。

「エルネスティ・キヴィ。汝をクルファアー・オル・ダ・アードキルの名において、我が近衛隊員に任ずる。もう手続きも進めてるから、署名してくれるだけで済むんだけど」

すらすらと読みあげ、答えを求めるように両手を広げる。

「どうかな？」

「近衛隊……？」

エルンはぽかんとしている。マヒロも同様だ。近衛隊員に任ずる、とは？

（クル……なんだって？）

流れからするに、あれがアルマスの本当の名前だろう。それに……

（エルネスティ・キヴィ……？）

エルンに苗字があったことを、はじめて知った。この世界に来てから、苗字を持った人になどほとんど出くわしたことがない。

エルンは少し自分を取り戻したようで、冷ややかな目つきを玉座に投げる。

「よくおれの苗字まで調べあげたな。名乗ったことはないはずなんだが」

「無礼な口を！」

「よしなさい、わたしの知己だ」

いきり立つ書記官をなだめ、アルマスは平然としている。

「わたしは藩主だよ、各地域の租税台帳くらい取り寄せられる。きみの故郷に多い苗字だから、使うのを避けてたのかい？」

エルンは無言だ。そのとおりなんだろう。

「この藩で苗字を持っているということは、一定の身分を持った家だったのだね。きみが近衛隊員になることは、母上の名誉回復の一助にもなると思うんだけれど、どうだろう」

「脅迫か？」

「まさか。きみには断る権利がある。なんの条件もつかない、純粋な権利が。ちなみに近衛隊というのは新設の組織で、現存のフィアナとは別だ。フィアナは少しばかり……形骸的なものになりすぎているから、遠くない将来、解体するつもりでいる」

アルマスはシーヴラハックに気を遣う様子を見せながら言った。ということは、近衛隊は実力主義の、実践的な部隊になるのだろう。

エルンは考えこんでいるようだった。

これがエルンにとっていい話なのか、マヒロにはいまひとつわからない。だけど、もしエルンが城に勤めることになったら、傭兵として各地を流浪しているよりは、格段に会いやすい。

アルマスと目が合った。にこっと微笑みかけられると、心の打算を見透かされた気がして恥ずかしくなる。慌てて顔を伏せたとき、エルンが口を開いた。

「マヒロは？」

「『は』とは？」

「おれたちふたりを呼んだからには、マヒロにも用があるんだろう？」

「さすがだね、冷静だ」

書記官からもう一枚羊皮紙を受け取り、アルマスは同じように読みあげる。

「マヒロ。汝を……に任ずるとともに、……の任務も……」

「え？」

なんのことだかわからなかった。電波の悪い電話みたいに、文章が穴だらけだったのだ。アルマスは肩をすくめ、ため息をつく。

「きみにとってなにがいいのか、わたしにもわかっていないんだよ、マヒロ。今後も剣を振らせていいのかな？　あの店は続けるつもりだから、引き続き一緒にがんばってほしいんだけど」

「あっ、続けるつもりなんだ？」

思わずなれなれしい口をきいてしまい、口を押さえる。書記官の視線が恐ろしいが、アルマスは「いいんだよ」と鷹揚だ。

「どうかいつものとおりにしていてくれ。あそこはわたしの思う、すべての店のありかたを実現する場でもあるし、市民の声を直接聞くことができる場でもある。わたしはこれからもあそこに立って、きみたちと同じ目線で世の中を眺めたい」

「おれも、できたらあの店の仕事は……」

続けたい、と言おうとしたときだった。

エルンの手が横から伸びてきて、マヒロの手首をつかんだ。

「なら、おれから条件を出す。こいつも近衛隊に入れろ。技能的に難しければ見習い扱いでもいい。それをのむなら、おれもあんたの提案をのもう」

「……え？」

マヒロは驚いて隣を見た。エルンはまっすぐアルマスを見据え、返事を待っている。

どうやら、本気だ。

（でも、おれはもう……）

マヒロの視線に気づいたのか、エルンが振り向いた。手首を握る手にぐっと力をこめ、マヒロに向かって言う。

「戦闘員になれとは言わない。それはお前には合っていなかったのかもしれない。だが剣や矢を――恐れたまま武器を置くのはダメだ。お前は正規の剣を習え。自分の剣がなにを護れて護れないのか、それを知れ。知ったら好きなときに剣を置けばいい」

エルンがこんな熱っぽくなにかを語るのを、はじめて見た。マヒロははっとした。

昨夜、店で闖入者に対峙したとき、マヒロが攻撃をためらったことに、エルンは気づいていたのだ。遷主の戦いで負ったトラウマを、今も引きずっていることを見抜いた。

そして剣を教えた立場として、責任をまっとうしようとしている。

剣がつけた傷は剣でしか癒せないのだと、教えようとしている。

そうだ、思い出した。

こういう人だから、この人の下で働きたいと思い、あそこまでついていったんじゃないか。

アルマスは微笑みを浮かべ、返事を待っている。マヒロは素直に心の内を話すことにした。

「近衛隊に入って訓練を受けながら、店の仕事も続けたいっていうのが、おれの今の正直な希望なんだけど……そんなわがまま、許される？」

「マヒロのためなら、いくらでも職権を乱用するよ。それじゃあ、ふたりの入隊は決定ということで、いいね」

書記官がそれぞれに、革張りの板に乗せた書類と鵞ペンを渡す。マヒロはたどたどしい文字で自分の名前を書いた。こっちに来て、文字は不思議と読めたものの書こうと思うとなぜかままならず、ひまを見つけては練習していたのだ。

隣でエルンも、さらさらと署名している。マヒロは今さらながらに、エルンが水準より高い教育を受けていることを感じ取った。

二枚の書類を受け取り、アルマスは満足そうにうなずく。

「ようこそわたしの城へ、マヒロ、エルン」

未来が急に開けたような気がした。思わずエルンに笑いかけると、エルンも笑みを返してくれる。

しかしすぐにその笑みを消し、アルマスに尋ねた。

「とはいえ、疑問なんだが」

「なにかな」

「なぜおれのような獣人にまで、こんな手厚い待遇を？　新しい藩の方針なのはわかるが、就任したばかりの今、強行したら反発もあるに決まっているのに」

「生まれ持った特性が異なるとしても、人はみな平等だと思っているからだよ」

「性急で、強引すぎるように見える」

さすが、エルンは浮かれているばかりではない。

アルマスは軽く息をつき、人払いをした。もともと限られた側近だけが立ちあいを許されていたらしく、ほとんどだれもいなかったが、数人の使用人が廊下へ出ていき、シーヴラハックも姿を消した。残ったのはミミズク風の書記官だけだ。

（なんで急に、人払いを……？）

マヒロは首をひねる。

そのとき、ざわ、と空気が変化した。

あれ、目がおかしくなったのかな、とはじめは思った。寝起きにうまくピントが合わないときのように、玉座のアルマスの姿がにじみはじめて、目で捉えることができない。

（う……！）

なんだかわからないが、鳥肌が立った。

自分でこれなんだから、敏感なエルンなら相当だろう。様子をうかがうと案の定、エルンは全身の毛を逆立てて――あくまで比喩だ――カチコチに硬直していた。

そして、少なくとも先ほどまでアルマスだったものは、あきらかに変化していた。

最初は耳と爪だった。耳は長く伸びて左右に突き出し、細い骨の間に膜が張ったコウモリの翼のような形状になった。ひじかけに置かれた指は節くれだって、かぎ爪状の爪が長く伸び、動くたびにカチカチと音を立てる。

なめらかだった肌にはうろこが現れ、血色が消えて青ざめたかと思うと、ほとんど透けるような質感に変化した。もとから色の薄い金髪は、色味が褪せて銀色に光っている。

白目が消え、代わりに血のように赤い瞳が眼孔の奥を覆う。

顔立ちはあきらかに人間ではなくなり、鼻先が長く突き出た爬虫類に似た容貌に変化した。裂け目のような口の中には、真っ赤な舌と細かな牙が見えている。

気づけば、マヒロたちの目の前には、竜がいた。

「竜人だ……！」

エルンが小声で叫んだ。歯が鳴るほど震えている。瞳孔は大きくなったり小さくなったりをくり返し、もはや自分では制御できないみたいだ。全身を緊張させ、フーフーと荒い息をしている。

遷主の野営地で、アルマスがエルンを診たときのことを思い出した。あれはエルンの中の獣の部分が、圧倒的強者を前にして怯えきっていたのだ。今も理性で抑えつけていなければ、あのときのように暴れているに違いない。

マヒロは自分の腕をなでた。粟立った肌は収まりそうにない。

あたりが帯電しているみたいに、ちりちりと神経を刺激してくる。きっとこれが、エルンが感じている強大な畏怖の一部なんだろう。

どこからか〝声〟がした。

《このとおり、わたしも獣人の一種なのだよ。それも、かなり珍しい部類でね、仲間もいなくてさみしいことこのうえない》

アルマスの口元は動いていない。マヒロ自身も、今の言葉を耳で拾っている感覚はなく、どちらかというと頭の中に直接書きこまれているような感じがした。

だけど、声自体はアルマスのものだ。

「……だから獣人も生きやすい場所をつくりたいの？」

《わたしの寿命はきみたちより長いから、さまざまな時代を見てきた。迫害はなにも生まないと、身をもって知っているだけさ。善は急げという古いことわざもある》

アルマスの赤い瞳が、ちらっとエルンを見やる。これ以上はエルンがもたないと判断したのだろう、アルマスはふっともとの姿に戻った。

たちどころに空気が一変した。ようやく息がつける。ぜえぜえと息を喘がせているエルンが気の毒になって、マヒロは近寄って背中をさすった。

「これでわかったであろう、お前たちの前におわすのがどれほどの方か！」

書記官がプリプリしている。

（わかりました……）

こういう表現が正しいのかどうかわからないが、一般的な獣人とは格が違う。そもそも姿を変えられる時点で、マヒロがこれまでに知った獣人とはまったく別物だ。

「なるべく早く仕度して城へおいで。わたしには信頼できる仲間が必要なんだ」

ご機嫌に手を振るアルマスにいとまを告げ、マヒロたちは早々に城をあとにした。

「おおい、待ってくれ」

城門をくぐる直前、シーヴラハックが追いついてきた。ふらつきながらやっと歩いている状態のエルンを見て、ぎょっとする。

「どうしたんだ、馬車で送らせようか？」

「えーっと、大丈夫、ちょっと体力を使いすぎちゃっただけだから」

「そうか、毒の影響は怖い。無理しないでくれ」

ごまかしがあっさり通用してしまい、マヒロは罪悪感に襲われた。シーヴラハックはふたりに向けて、さっと右手を差し出す。

「おれも新しい近衛隊に転籍する予定だ。希望したところ、藩主さまが快く認めてくださった。フィアナからはおれひとりだが。今後ともよろしく」

えっ、来るの。

マヒロは申し訳ないと思いつつ、複雑な心境で握手をした。エルンもおざなりに手を握り、すぐに引っ込める。その手を再度握りしめ、シーヴラハックは熱っぽい口調で言った。

「エルン、今度こそ、おれはあなたの戦闘法を少しでも会得したい」

「いや……お前にはこいつを頼む」

エルンはマヒロの肩をぽんと叩いた。マヒロは再び、えっ、と心の中でつぶやく。

「フィアナの剣を叩きこんでやってほしい。礼儀作法からじっくりと」

「そういうことなら、喜んで」

遷主での活躍を評価され、シーヴラハックはフィアナで昇進したはずだった。フィアナが解体されたら、それがまったく無意味になるというのに気にしている様子もない。

そういえば、こういう人だった。

（おおらかというか、無頓着というか……）

彼自身の個性なのか、育ちのよさのなせるわざなのか。旅の終わりに、きちんとあいさつすることもできなかった。その彼とまた同僚としてやっていくことになるとは、これもめぐりあわせか。

とはいえ……

この勢いでエルンに寄っていくのをまた目の当たりにするのは、勘弁してほしい。それを考えれば、彼が自分の教え役になるというのは、渡りに船といえるかもしれない。少なくとも教わっている間は、エルンから引き離しておけるからだ。

（おれ、醜いなあ）

マヒロの頭の中の打算など、想像もしていないだろう澄みきった笑顔で、シーヴラハックはフィアナ流の敬礼をした。

「それじゃあ、また後日、城で」

そう言って、きびきびと城に駆け戻っていく。

外門を出て街道にさしかかると、ようやくエルンの足取りがしっかりしてきた。

「大丈夫ですか」

「吐きそうだ」

「竜人って、というか、竜ってそんなに珍しいんですか？」

「珍しいなんてもんじゃない。もう存在しない、伝説の中の生き物だと思ってた」

ここでもやっぱりそうなのか。言われてみれば、小さな恐竜みたいな生き物はいるけれど、あまりにファンタジックな生き物は見たことがない。

「ヴラフもアルマスの本当の姿を知らないみたいでしたね」

「うかつに正体をばらしたら、密猟者の餌食だぞ。うろこ一枚でも、とんでもない高値で取引される。皮を剥がれて詰め物をして、金持ちの家に飾られる可能性もある」

「うわっ……」

希少な生き物に対する暴力的なほどの執着は、どの世界でも同じだ。

「じゃあ、獣人が住みやすい藩になったとしても、アルマスはのびのびできないんだ」

「だろうな。欲深なんだか無欲なんだか」

ゆるやかな坂道を下りながら、エルンが突然「しまった」と肩を落とす。

「宿舎には入りたくないと交渉するのを忘れた」

「城の外に住みたいんですか？　通うのが大変そうですよ」

「いや、宿舎の外であれば問題ない」

「宿舎の外って……外ですよね？」

エルンがフンと鼻を鳴らす。

「空気が動かない場所は嫌いだ。壁だらけで死角の多い場所も」

さもいやそうな口ぶりで、「あと、柔らかすぎる寝床も」とつけ加える。

（ああ、それで……）

マヒロは納得した。

今朝、まだ日が登りきる前、ふと目を覚ましたらエルンが隣にいなかったのだ。まさか帰ってしまったのだろうかと急いでベッドから出たら、床で寝ているエルンを見つけた。

(寝ぼけて落ちたのかと思ってたら……)

寝心地が合わなくて、自分で抜け出したのか。

もう一度ベッドに運んでからは、目が覚めるまでそのままいてくれたが、早急にベッドの寝心地を調節すべきかもしれない。

「あの感じだと、いろんな人を集めてきそうですし、個々の好みも聞き入れてくれそうですね」

「まあ、聞き入れないなら入隊をやめるまでだ」

「えっ」

愕然とするマヒロをちらっと見て、エルンは「冗談だ」と肩をすくめる。

「……今日から鎧戸を閉めないで寝ようかと思ってるんですけど」

「だからなんだ。泊まっていけと?」

「え……いかないんですか? あ、もしかして入隊前にお母さんのところへ帰ったりします?」

当然、しばらく滞在してもらえるものと思っていたマヒロはショックを受けた。エルンは苦笑して、首を横に振る。

「それは入隊してからにする。まだおれは、あそこに顔を出すのはよくないだろうから。イソの街がもう少し変わっていたなら、呼び寄せるつもりだったんだが」

「そうですか……」

「お前の母親は？　どんな人だ？」

「うーん、そうですね、今はもう、新しい旦那さんと暮らしてて……」

はっとして口をつぐんだ。エルンがじっとこちらを見ている。

「やっぱりな。お前、記憶を失ったんじゃない。なんらかの理由で過去を話せないんだろう」

「……いつから気づいてました？」

「さあ。最初からかもしれない。うしろ暗いことがないのは感じていたが、話せないことを抱えてるのも感じてた」

なんでもないことのように言うエルンに、マヒロは心を打たれた。

気づいていながら入団も許し、あれだけ面倒を見てくれたのだ。問い詰めることも、探りを入れることもせず、ただ見守ってくれた。

「すみません。みんなをだましてたわけじゃないんです。ただすごく突飛な話になるので、おれ自身、よくわかってないっていうか……」

「いい、話せと言ったわけじゃない。話したいなら聞くが」

エルンは穏やかに制する。

マヒロはふっと力が抜けたのを感じた。もしかしたら、この世界に来てからずっと入りっぱなしだったのかもしれない力が、消えていく。

「じゃあ……長い話になるので、いずれ、おいおい」

「そうだな、おいおい」

こんなふうにあいまいに先の約束を交わすのは、いつぶりだろう。

それも、こんな晴れ晴れとした気分で。

「で、おれの家に泊まりますよね？」

「昨日みたいな腹の立つやつをするなら、泊まらない」

吐き捨てるように一蹴された。さすがにむっとする。

「でも、よさそうでしたけど」

「そういうところが腹が立つと言ってる」

「気に入らないところがあったなら、改善します」

「そうだな、しいて言えば、全部だ」

やれやれだ。

だけど実際のところ、こんな会話をしながら家へ向かって歩いているわけで。それだけでじゅうぶんなんじゃないか？

この人のそばで生きることができる。

それ以上の幸せなんて、ないんじゃないか？

「いつごろ城に移りましょうか……あれっ、エルン？」

隣を歩いていたはずの姿がない。

きょろきょろしていると、道と川を隔てている茂みの中から、悠々とエルンが現れた。手に大きな魚をぶら下げている。

「まさか、今獲ったんですか?」

「今日の夜、食おう。料理してくれ」

力強く跳ねている魚をマヒロに持たせ、満足そうに笑む。

こんなささやかな約束事が、たまらなくうれしい。

並んで歩きながら、マヒロは答えた。

「はい」

番外編

実戦を想定した訓練のために、立木や塀で死角をつくった訓練場がほしい、と申請したら、翌朝出勤したときには工事のための測量が始まっていた。

『なんでも言ってくれ。きみの希望は極力叶える』

アルマスのあの言葉は本気だったのだと、エルンは今さら実感する。

（ありがたいことだ）

測量している人員のひとりがエルンを見つけ、画板を小脇に抱えて走り寄ってきた。おそらく設計士だろう。見たところ、げっ歯類の獣人だ。建築が得意な種族だと聞く。

「エルン訓練長ですね。オスモと申します。詳しいご要望をお聞かせいただけますか。わたしは藩主さまからざっと聞き取りをしただけですので」

小柄で丸っこい体格のオスモは早口でそう言うと、訓練場を精巧に写し取った三面図を見せる。エルンは細く削った木炭を受け取り、三面図に線を書き込んだ。

「ここに、こう……高さを変えられる遮蔽物を置く。同じ形で、移動可能なものもほしい。地面には高低差をつけて、堀を掘ってくれ。一端は細く、もう一端は馬が飛び越えられない幅で……」

じっと自分を見つめる視線に気づき、手を止める。

「なにか？」

「あなたは今、幹部育成過程で戦術学を学ばれているのでしたね」

「藩主どのに放りこまれてな」

「教授を務めているマルック氏は、わたしの古くからの友人です。人生の終盤にあなたのような生徒を持って、喜んでいると思いますよ」

大きな前歯を見せてにこっと笑う。愛嬌のある顔には知性が宿り、その知性を惜しみなく磨いてきたことが見てとれる。新藩主とともに移住してきた獣人のひとりだ。

うらやましいと純粋に思った。

ふもとの教会の鐘が鳴りはじめる。八つめの鐘の音が響き終えるころには、エルンの目の前に近衛隊の訓練生、六十名が整列していた。

近衛隊の発足から三カ月が経過した。もうじき新入隊員たちの教育期間が終わり、二個師団二四〇名が正式に稼働する。これに騎兵八十、藩境警備団六十を加えた総勢四百名が、近衛隊の栄えある第一期生となる予定だ。だがそう順調にはいかない。

『騎馬に適した馬がそろわないんだよね』

『知らん』

『まずは馬を増やすために牧場をつくるところから始めないと。厩務員と調教師の育成も』

『なぜそれをおれに言う』

『目には目を、獣には獣をって言うじゃないか』

『聞いたことがない』

『きみたちにはきみたちだけの情報網があるはずだ。力を貸しておくれ、エルネスティ・キヴィ』

『くそっ……！』

甘えるような口調の中に、支配力がにじんでいる。藩主アルマスはいつもこんなふうに、母と家の名誉を匂わせながら、エルンの力を遠慮なく使い倒していくのだった。

馬に乗ったこともないのに、なぜ自分が。

そう思いながらもエルンは、藩のはずれに、馬の繁殖を得意としている獣人がいるという情報をつかんだ。結局こうやって言いなりになるから、アルマスがつけあがるのだと知りつつ。

「訓練長、本日のお言葉をお願いいたします！」

午前中の訓練を終え、隊員たちが再びエルンの前に整列する。

貴族や富裕層の子息にしか門戸を開かなかったフィアナと違い、近衛隊にはだれでも志願できる。基礎体力の試験に合格すれば教育課程に入れるし、体力試験で不合格となった者も、事務官になる道がある。

隊員になれれば衣食住が保証されるとあって、商家や貧しい農家の子どもが続々と志願してきた。そしてなによりも、これまで就職の道のなかった獣人たちがどっと押し寄せてきた。

アルマスに言いくるめられて、近衛隊発足に関するあれやこれやに使われまくったエルンも、彼らの採用試験に試験官として立ち会った。基準に達する者だけを採用する方針にした結果、求めていた人数は集まらなかったが、粒ぞろいの青少年たちを拾いあげることができて、エルンは満足だった。なし崩し的に訓練長という立場を押しつけられ、武器を手に取ることすらはじめてという者もいる中、試行錯誤しながら訓練メニューをつくりあげ、なんとかここまで来たのだ。

とはいえ……

「お願いいたします、エルン訓練長！」

きらきらした瞳でそう詰められると、いまだに調子が狂う。『お言葉』なんて文化は、エルンの人生には存在しなかった。あー……と言い淀みながら、話すべきことを頭から引き出す。

「一班、型は身に着いているが、それに引っ張られて反応が鈍くなることが多い。目の前の攻撃をよけられないのだったら型を守っても意味はない。臨機応変に動くことを覚えろ。二班……」

こんな言葉をかけるより、ひとりひとりを実戦に放りこんでやればよっぽど早いのに。

そろいの訓練服に身を包み、熱心に耳を傾けている隊員たちの情熱を喜ばしく思いながらも、上流の常識内での訓練しかできないことを歯がゆく感じるのだった。

宿舎には食堂があり、隊員や関係者はそこで食事ができる。

しかしエルンは昼休みになると、宿舎の区画のはずれにある自分の家に行き、装備を解いてくつろぐのが日課だった。

（はぁ……）

エルンも隊員であるから、訓練服を着ている。麻と綿で織られた丈夫な服で、ある程度の防御性も考慮されているため、首も喉元まできっちりボタンで締めるようになっており、もちろん長袖、長ズボンだ。支給されるのはありがたいが、窮屈でしかたない。

脱ぎ捨てて身軽になると、ようやく一息つける。エルンは床に身体を投げ出し、ごろんと横になった。ここは完全に独立した建物で、堅牢な石造りの宿舎と違い、木造だ。

木か草でできていて、屋根さえあればいいとアルマスにリクエストしたところ、暖炉までついた立派な家を建ててくれた。人通りのない方向に面して大きな窓が開いており、いつでも風が通り抜けていく。エルンはすっかり気に入った。

少し休むと、エルンは身体を起こし、机の引き出しから羊皮紙と鵞ペンを取りあげ、床に腹ばいになって文字を書きはじめた。貴重な羊皮紙やインクがふんだんに使えるのも、この仕事のいいところだ。ただあまり慣れたくはない。

拝啓、母上さま。

続く文章を考えているうち、エルンは眠りに落ちていた。

はっと気づくと、室内に人の気配がある。

机のそばに立っていた人影は、エルンが起きたのを見てとり、身体ごと振り向いた。

「インク、蓋しておきましたよ」

マヒロが微笑んでいる。

エルンは自分の手の中に、まだペンがあることに気づいた。羊皮紙は無事だったものの、木の床にインクがにじんでいる。寝ていたのはほんの少しの間だったのだろう、インクはまだ乾いておらず、木目にそってじわじわと黒いしみが拡大中だ。

「ペンも引き取ろうと思ったんですけど、握りしめてるから、抜けなくて」

マヒロはおかしそうにそう言って、エルンの横に腰を下ろした。

「昼ご飯を持ってきました。食べませんか」

「……お前の生徒からの差し入れなら、おれはいらない」

「違いますよ、つくったんです」

布の包みをほどくと、焼き魚の香ばしい匂いがふわっと漂う。竹でできた容器に、野菜やらが几帳面に詰められているのだ。同じものがふたつある。

器用なマヒロは、宿舎の共有部分にある簡易的なかまどで、あっという間にこういうものをつくってみせる。この容器もマヒロがつくったはずだ。

エルンはのそのそと起きあがり、書きかけの手紙を汚さないように押しやると、あぐらをかいた脚の上に容器を乗せた。食べ物はすべて串に刺さっていて、片手で食べられる。狩猟動物の特性を持つエルンは、数日食事を抜いても支障はない。食べるのが億劫で食事を抜くこともしばしばだ。

だがマヒロの料理は、あれば食べたくなる。

「おいしいですか？」

「うん」

「今度の休み、どうします？　やっぱりおれの家で過ごしませんか」

丸い、なんだかよくわからないものを食べながら、エルンは考えこんだ。

あの小ぢんまりした気持ちのいい家を、マヒロは今も維持している。手放して宿舎のみの生活にする手もあったが、アルマスの店で働くことも考えたら、城の外にねぐらがあったほうがいい。

だけどマヒロは迷っているようだった。

『住んでない時間が長いと傷むし、管理できるかどうか』

『だれか雇ったらどうだ。毎日空気を入れ替えるくらい、子どもでもできる』

エルンの提案に、マヒロは思いもかけないことを聞いたというように目を丸くした。

『でも、ぜいたくじゃないですかね？』

『なにと比べて？』

マヒロは長いこと考え、やがて金勘定を始めた。勘定などするまでもなく、マヒロの質素な生活ぶりと近衛隊の収入を考えれば、使用人のひとりやふたり、絶対に雇えるはずなのだが。

おそらく、そういう風習の中で育ってこなかったのだ。

読み書きも計算もでき、礼儀正しく、ひととおりのこと——火や油の扱いだとか、硫黄の臭気が上に行くのか下に溜まるのかとか、太陽と月の関係とか——は知っているわりに、どこか自信なさげで、いつも身の置き所に困っているように見え、頼もしいのに不思議な幼さがある。

マヒロのそうした性質は、本人から出自について聞いたとき、納得できた。

どうやらまったく違う文化の中で生きてきたらしい。辺境とか、違う藩とか、そういう次元ではないほど遠くから、ある日いきなりやってきたのだとマヒロは言った。

だろうな、と思った。

マヒロの放つ違和感は、そのくらいの背景がないと説明がつかない。

「予定が入りそうですか？」

「いや……」

はっきりしない返事をしながら、薄いパンで野菜と肉を挟んだものを頬張る。

あの家は居心地がよく、いつだって行きたい。マヒロにとっては唯一の『帰る場所』だろうし、そこに誘ってもらえるのはうれしい。

だが……

「そのうち、母を迎えに行こうと思ってる」

「え……」

「その準備をしたいから、お前の家に行っても、おそらくあまりゆっくりできない」

マヒロが目を見開く。その顔に、だんだんと喜びの色が浮かぶ。

「お母さん、旅ができるくらい元気になったんですか」

「手紙によれば、以前よりは。アルマスが腕利きの医者を見つけてくれたのもあるし、おれも薬を買いやすくなった」

「イソに住んでもらうんですか？」

「できれば近くにいてほしいが……母が安心して暮らせる場所なら、どこでもいい。ここまで戻ってくる途中で、よさそうな町を探すのもいいし」

「どこか、見つかるといいですね」

「うん」

「ゆっくりしてくれなくていいから、気が向いたら来てください、おれの家」

「そこは忘れないんだな」

エルンは吹き出した。マヒロも堂々と「忘れないです」と胸を張っている。マヒロが着ているのも、エルンがさっき脱いだのと同じ、そろいの訓練服だ。汗ばむ陽気だというのに律義にすべてのボタンを留め、小綺麗に着こなしている。

「お前は、似合うな、そういう服」

「そうですか？」

うなずいて答えた。傭兵時代の格好より、今の装いのほうがマヒロに合っている気がする。

「制服って、わりとあたり前にあったんですよ、そのせいかも」

「お前の育った場所の話か」

「はい。なんでもそろえたがる文化だったので」

「そろうと、うれしいか？」

「え？」

「アルマスと、いまだにそこでぶつかってる」

近衛隊は、フィアナとエタナ・クランの間くらいの雰囲気になるのだと思っていたエルンだった。自分を雇ったからにはそういうものを目指しているのだろうと。

だから、礼服や戦闘服はともかく、訓練中の服までがそろいのお仕着せと知ったときに、反発したのだ。人前に出ないのなら、全員で同じものを着る意味などないはずだ。

『その気持ちもわかるよ、でもね、エルン』

アルマスはおっとりと、なだめるように言った。

『きみのクランが、ばらばらの寄せ集めであることに誇りを持っていたように、みなで同じものをまとうことに誇りを持つ者だっている。というか、持ってほしいんだよ』

『それを突き詰めたのが、フィアナじゃないのか』

『フィアナのすべてが悪だというわけじゃない。エルンの趣味に合わないことは承知だけど、ここはどうか我慢しておくれ。慣れたらそう悪くないはずだ』

『慣れたくないから言ってる』

言い捨てて帰ってきた。

べつにそれでなにか変わることを期待していたわけでもない。とはいえ、後日、なんの言づけもなく、仕立て上がった訓練服がエルンのもとに届いたときは、やはり腹が立った。

「へえ、エルンが？」

アルマスとの一連の話を聞いて、マヒロがくすくす笑う。

「おれが、なんだ」

「いつもは視野が広いのに、アルマスが相手だとそうやって意固地になるんだなあって」

意固地だと！

エルンの手元から空になった容器を引き取って、マヒロは続ける。

「おれ、アルマスの言うこともわかるなあ。エタナ・クランのしるしの入った剣を持ったとき、なんかうれしかったですもん」

「あんなのは、ただの所有印だ」

「そんなただの所有印に、エルンは意味をこめたんでしょ」

最近、よくマヒロに負ける。

勝ちたいとも思っていないが、どうもマヒロのほうに妙な余裕が出てきて、たまに頭にくる。

マヒロは見習いとして近衛隊に入り、剣術などの訓練には参加しているものの、正式な隊員にはならないことを決めた。

『やっぱりおれ、向いてないと思うから』

それを知ったアルマスが、マヒロに出ていかれては大変と思ったのか、すぐに仕事を見つけてきた。城内の一部を解放し、女性や子どもに護身術を指南する教室を開いたのだ。

もちろん講師はマヒロだ。教室の存在はすぐに広まり、たちまち人気になった。

自分はまだ人に教える立場にないと戸惑っていたマヒロだが、彼の生来の親切さとまじめさは指導者向きだとエルンは思っていた。そしてそのとおり、根気よく教えるいい講師になった。

ただ……

「あ、おれ、そろそろ行かないと。お邪魔しました」

「まだ午後の始業には早いが」

「自主練習を見てほしいって言われてるんで、行ってあげないと」

これだ。

人当たりがよく、面倒見もよく、若くて体力があって礼儀正しい。マヒロは必然の流れで、女性たちから好意を寄せられる的になった。

差し入れだとか日ごろの御礼だとか、なにかしら差し出されては馬鹿正直に受け取ってくる。さらには『一緒に食べましょうよ』とエルンの部屋に持ちこもうとする。

いらん！

一度はっきりと拒絶したら、心外そうな顔でマヒロは言った。

『食べ物に罪はないのに』

そういう言葉が出てくるということは、エルンがおもしろくないと思っているのを察しているのだ。つくづく腹立たしい。

エルンは再び床に寝そべると、手紙とペンを引き寄せ、続きを考えた。かたわらに、インクの瓶がそっと置かれる。

「倒さないように気をつけてくださいね。眠くなったら蓋をして」

「早く行け」

マヒロのほうを見もせずに言った。

戸口のほうへ行きかけていたブーツの足音が、少し立ち止まったあと、戻ってくる。

マヒロはエルンの頭近くにひざをつくと、エルンの顎に手をかけ、上を向かせた。そして身を屈め、そっと唇を重ねる。

むずがゆくなるような、優しい接触だった。

「行ってきます」

エルンの顔をのぞきこみ、微笑む。物腰こそ柔らかいが、返事がもらえるまではここを動かないという頑固な意思を感じる。エルンは上を向かされたまま、ため息をついた。

「……生徒に無理をさせるな」

「はい」

にこっと満足そうに笑って、マヒロは出ていった。

エルンはもう一度ため息をつき、黒い髪をぐしゃぐしゃとかき回す。

べつに、こんな関係になろうと思っていたわけじゃない。

こんな……甘ったるい関係に。

(だいたい、あいつが悪い)

ふてくされた気分でエルンは考えた。羊皮紙の上でペンが行き場を決めかね、うろうろと漂う。

――あなたを、大事に抱きたいです。

今思い出しても、どうしたらいいかわからなくなる。マヒロが、愚直なほど言葉どおりに、あの晩以降も実行するから始末に悪い。

そもそも、抱かれてい**い**るつもりなんてなかったんだが？

忌々しい認識を持ちやがって。思いあがりもはなはだしい。普段はもっと自信を持てと尻を叩きたくなるくらい謙虚なくせに、そういうところだけは引かない。

だけど、いやじゃない。

不満もない。不本意でもないし、自尊心が傷ついたわけでもない。

ただ、居心地が悪い。

頬杖をついたエルンの髪を、窓から入る風が揺らした。空気に夏の匂いがまざっている。長い春もそろそろ終わりだ。

午後を知らせる鐘が鳴る前に書き終えようと、エルンはペンを走らせた。


「たしかに預かったよ」

エルンと同じ、猫の特徴を持つ獣人の少年が、慎重な手つきで料金と手紙を懐にしまった。

「頼む」

「返事は受け取ってくるかい？」

少し考え、エルンは首を振った。街道から少し外れた、路地の片隅での会話だ。

「できたらでいい。もし後日返事をもらえるなら、また受け取りにお前をやると伝えてくれ」

「最近、薬は運ばないんだね」

「いい医者が診てくれてる」

「どうりで。お母さん、どんどん元気になってるもんな。それじゃ、行ってくる」

気をつけて、と声をかける前に、少年は疾風のように駆けだしていた。夕方の街道を飛ぶように走り、すぐに見えなくなる。

浅黒い肌も漆黒の髪も、金色の目も、本当に自分に似ているとエルンは思った。

アルマスが言ったとおり、獣人には獣人の情報網があり、物流もある。藩主が変わってだいぶ格差はなくなったとはいえ、大事な手紙を獣人以外に預ける気には、まだならない。

「うちに寄ってくれたら、パンでも持たせてあげたのに」

ふいに耳元で声がして、エルンは反射的に飛びのいた。まあ正体はわかっている。気配を殺してエルンに近づける者はそうそういない。

「藩主の仕事は、そんなにひまなのか」

「今も仕事をしてるつもりなんだけどな」

食ってかかるエルンを、アルマスは軽くいなした。ここは彼の店の近くなのだ。

「わたしに言ってくれれば、藩の勅使に手紙を届けさせるのに。速いし確実だよ」

「おれは、おれの信頼する相手にしか母に会ってほしくない」

そうだろうね、とばかりにアルマスは肩をすくめる。

「ところで、店で夕食をどうだい？　新しいメニューを試食してほしいんだ。自信作だよ」

「あんた、民の目線で街を見たいとか格好つけたことを言ってるが、自分の料理を食べてもらうのが好きなだけだろう」

「わたしの寿命はね、ただの市民として生きるには長すぎるし、かといってすべてをなげうって民のために尽くすにも、長すぎるんだよ。気分転換くらい許しておくれ」

「おれの許しなんかなくても、好きにするくせに」

「もうマヒロが来ているころかな」

歌うような調子で言って店へと歩きだすアルマスを、エルンはじろっとにらみつける。

それから不承不承ついていった。


「あれ、ふたりで来るなんて珍しい」

店ではマヒロが腰にエプロンをつけて働いていた。

すでにテーブルはほぼ埋まっており、いつものとおり盛況だ。エルンを見ると、マヒロはすぐにカウンターの一番端の席を用意した。エルンがひとりで来るときのお決まりの席だ。

「どうぞ。麦酒でいいですか？」

「頼む」

背の高い椅子に腰を下ろすと、急に疲労に襲われた。さっきの手紙で、もうすぐ迎えに行くと母に伝えた。いつか迎えに行く、とはずっと言ってきたが、はじめて約束らしい約束ができた。なにか達成したように感じて、気が抜けたのかもしれない。

（……これからだというのに）

外食するつもりのなかったエルンはカップを持参していなかったので、マヒロは店のカップに麦酒をついで戻ってきた。

「はい、どうぞ。新メニューの試食をしてくれるそうですね。今、アルマスが用意してます」

「昼も夜も仕事とは、働き者だな」

「ほかにやることもないですし」

マヒロはにこっと笑い、店内に気を配りながらも、エルンの横にとどまっている。エルンは落ち着くような、かえって落ち着かないような、複雑な気分になった。

「はい、お待たせ」

厨房の火の前で忙しくしていたアルマスが、木の皿をエルンの前に置いた。中をくり抜いたパンに、ひき肉を炒めたようなものが詰めこまれている。それがふたつ。嗅いでみるまでもなく、香辛料の強烈な香りがエルンの鼻を刺激した。

思わず手で鼻を押さえ、椅子ごとしりぞく。

「だまされたと思って、食べてみて」

「だまされたと思ったら、おれは食べない」

「屁理屈はいいから」

アルマスに促され、おそるおそるパンをつかみ、毒を食らわばの気分でかじりついた。

……うまかった。

まったく知らない味だ。エルンは驚きに目を見開き、舌が求めるまま食べすすめ、ぺろっとひとつ食べてしまった。何種類もの香辛料が、じつにうまく混ぜあわさり、刺激的でありながら爽快で、あとを引く味をつくりだしている。

「汗が出てきた」

「生姜と胡椒がかなり入ってますから」

マヒロが笑って、エルンのカップに氷を落とす。冷えた麦酒をぐびっとやると、これまた口の中に残った辛味とよく合うのだった。

なるほど、アルマスが料理人でいたがるのもわかる。これだけの才能を活かさずにおいたら、澱んだ毒で当人が腐ってしまうだろう。

「冬に身体を温めるのにもいいんだけど、暑いときにこそ、こういう味もいいと思わない？」

「思うが、おれの舌には正直、ちょっときつい。毎日食べるのは無理だ」

「これでも標準よりはだいぶ和らげたんだよ。辛さを選べるようにしようと思ってるんだけど、もっと幅が必要ってことだね。参考になるよ、ありがとう」

アルマスは熱心に、手元になにか書き留めている。エルンが首を伸ばしてカウンターの向こうをのぞくと、年季の入った羊皮紙の束に、びっしり文字が書きこまれていた。

「……あんた自身は、どの程度の辛さまで耐えられるんだ？」

ほかの客の耳を避けながら、そっと聞いてみた。マヒロとエルンでさえ、味覚がだいぶ違う。味の好みというよりは、感度が違うのだ。竜人となればなおさらと思われる。

「わたしに興味があるかい？」

「そりゃあ、ある」

素直な好奇心に、アルマスはにこっと微笑んだ。

「一応ね、わたしたちは美食家なんだよ。味にはうるさい。だけど食べられるものの範囲は広い。そうだな、おそらく、きみたちの想像が及ばないくらいには」

「想像が及ばない食べものって、たとえば？」

不思議そうに尋ねたのはマヒロだ。アルマスはこともなげに言う。

「炎とか」

絶句しているマヒロに、エルンはほら見ろという視線を投げた。人と獣がまざっているどころの話ではない。竜人というのは、まったく別種の生き物なのだ。

「だから、可能か不可能かの話なら、食べられないものはないといっても差し支えはないよ」

「それでよく、こんなものがつくれるな」

心底あきれながら、もうひとつ取りあげた。今度は慎重に、ゆっくり食べる。肉だけだと思われたパンの中身は、よくよく味わうと、刻んだ野菜もたくさん入っていた。

エルンの言葉を正しく褒め言葉と受け取ったようで、アルマスはにこっと笑う。

「その具はね、日持ちもするんだ。だから持ち歩くのにも適してる」

「ああ……」

それで、あんなことを言ったのか。

『うちに寄ってくれたら、パンでも持たせてあげたのに』

あの少年がエルンと同じ体質なら、空腹であるほうが身体が動く。それもあって、とくに食料は持たせず、ただ道中で不自由しないだけの金は渡したつもりだった。

だが……

「……今度は、ここにつれてくる」

あの年齢では、こういう店がどんなに増えたとしても、ひとりで入るのは気が引けるだろう。店に招いて、マヒロやアルマスのような人間とつなげてやるのは、同胞の使命かもしれない。

「歓迎するよ。ここを待ちあわせ場所に使ってくれてもいい」

「だれの話ですか？」

アルマスが思慮深く口をつぐんだので、エルンは自分で説明した。

「さっき、母への手紙をいつもの子どもに預けたんだ」

「いつも任せてるっていう子ですね。アルマスも会ったの？」

「偶然居合わせただけだけどね。びっくりするほどエルンにそっくりだったよ」

「へえっ」

マヒロがエルンのほうを見て言う。

「それじゃ、お母さんもその子を見るたび、きっと懐かしくなってますね」

とっさになにも答えられなかった。

「そうかもしれないな」

やっとそれだけ言って、食事に集中しているふりをする。

すぐにマヒロは客に呼ばれて、いなくなった。

アルマスは如才なく調理に戻り、なにも気づいていないふりをしている。

「……あんたに礼を言わないと」

「お母さんは元気になってきたみたいだね」

「紹介してくれた医者が、合ってるみたいだ。今度、呼び寄せようと思ってる」

「住む場所は？」

「これから決める」

「困ったことがあれば、いつでもわたしを頼ってくれたらうれしいよ」

「だが、これ以上は……」

返事を濁すと、目の前に小ぶりの器に入ったスープが置かれた。とろっとした乳白色で、木のスプーンが添えられている。顔を上げると、アルマスが腰に手をあてて微笑んでいた。

「きみはわたしのお気に入りなんだ。贔屓させておくれ」

「あんたのお気に入りはおれじゃなく、マヒロだろう？」

フンと鼻で笑って返すと、アルマスも目を細める。

「ばれたか。きみによくすると、マヒロがおおいにわたしに感謝してくれる。これからもそういう立場にいたいからね」

藩でもっとも力を持つ男の言いぐさとも思えない。やろうと思えばどんな方法を使ってでも、マヒロを自分のものにできるだろうに。エルンは思わず、は、と笑い声を漏らした。

「体力が許せば、母は自力で生活したがるはずだ。おれはその基盤を整える手助けをしたい。だがどうにもならないことがあれば、あんたに相談する」

「わたしはきみのことも大好きなんだよ。信じてくれるかい？」

「どうだかな」

エルンは牙を見せてにやりとし、スープをすすった。

それはちょうどいい温かさで、まろやかな味わいは、エルンの舌を優しく癒した。


動きやすい衣服、清潔な着替え、替えの靴、温かくて軽い外套。

エルンは時間を見つけては、母の旅支度品を買いこんだ。長年伏せっている彼女の家に、こうしたものがあるとも思えない。あったとしても、もう古びて使えないだろう。

それを本人に確かめさせるのもしのびない。エルンはこちらでそろえ、迎えに行くときに持っていくつもりでいた。薬は多めに用意してほしいと、医者にも伝えてある。

休日前の夕刻、城の中の自室で、行李の中に丁寧にしまってあるそれらを確認していると、屋根の上でなにかが落ちてきたような音がした。

窓のほうを見ると、やはりあの少年だった。屋根からさかさまにぶらさがり、エルンの注意を引こうと手を振っている。エルンと目が合うと、部屋の中になにかを投げこんだ。

「お母さんから返事だよ」

投げ込まれたものを拾い上げた。木片を焦がして書かれた手紙だった。

「無事でよかった。礼だ」

エルンは用意しておいた布袋を差し出す。ぱっとそれを受け取ると、次の瞬間にはもう、少年の気配は消えていた。

手紙を預けてから四日がたっていた。荷物なしで、片道二日。大人であるエルンの脚でもおそらく同程度の速度だろう。荷物を抱えていたら、三日見ておいたほうがいい。復路は母がどれだけ旅に耐えられるかにかかっているから、あえて予定は立てていない。

この季節なら夜も気温は下がらず、天候も変わりにくい。懐の心配もない。近衛隊が軌道に乗ったのを見届けて、長い休みをもらう予定だ。必要なだけ時間をかけて帰ってくればいい。

木片には、母サーラの知的な文字が刻まれていた。

『愛しいエルン。あなたと旅ができるのを楽しみにしています』

彼女からの返事はいつも短いが、エルンの心を満たしてくれる。

万が一だれかに見つかったらと思うと恐ろしくて、会いに行くのはずっと避けていた。薬を届けたいのに、どうしても使いをしてくれる者がいなかったときに数回行ったきりだ。そのときも、戸口に届けものを置いたら逃げるようにその場を去った。

いよいよ、会える。


「――ルン、エルン」

肩を揺すられて、はっとした。

顎からしずくが垂れ、水面に落ちる。マヒロの家の風呂の中だ。

結局、誘われたとおり、休みはここで過ごすことにした。

住環境に関して妙に妥協を許さないところのあるマヒロは、春の間に木製の湯舟をこしらえ、家の裏手に設置した。見るたびに洗い場、屋根、と設備が加わり、今では立派な野外浴室だ。

ただし、湯は沸かしたものを運んでこなければならず、冷めたら終わり。冬は入れない。

柱に掛けたランタンの灯りが届かない場所は、真の闇だ。マヒロの腕がうしろから回ってきて、湯の中でエルンの腰をゆるく拘束する。

「なにをそんなに考えこんでたんですか」

不満そうな声を出すと、マヒロは顎をエルンの肩に乗せた。

「べつに。ぼんやりしてただけだ」

「うそですね。身体がちょっと緊張してましたよ」

そう言って、両手でエルンの腹をなでる。エルンは心の中で舌打ちした。不覚。

「お前には関係ない」

「お母さんに会うの、緊張しますか」

驚いて振り向くと、湯船の中がざぶりと波立つ。マヒロはまっすぐエルンを見つめていた。

「なんで……」

「この間、アルマスの店でお母さんの話になったとき、反応が変だったから」

気づいていたのか。

「おれが無神経なことを言ったんだと思います。すみません」

「いや……そういうわけじゃない」

エルンは正面に身体を戻す。濡れた前髪を払いのけると、ひんやりした夜気が額を冷やした。

じゃあ、どういうわけなんですか、とマヒロが聞きたがっているのがわかる。

どう説明したものか、エルンは言葉を探した。

「あの子どもを見たら、母が懐かしがるだろうとお前は言ったが」

「はい」

「……おれを思い出すのはたしかだと思う。けど……」

うつむくと、金色の瞳が水面に映る。ランタンの灯りを反射して、闇の中で煌々と光っている。

「それが母にとって、いい思い出なのかどうかは、おれにはわからない」

つぶやいた声は、波紋となって湯の表面を駆けた。

「おれが母から人生を奪ったんだ。母は自立した女性だった。薬師として才覚と経験を活かし、人を助けることに生きがいを見出した人だった。それを取りあげたのはおれだ」

「エルンは悪くないでしょう」

「だれが悪いという話じゃない。原因はおれだと言ってるんだ」

手で湯をすくい、顔を洗う。指先が目の下を走る黒い筋に触れる。そこは色だけでなく皮膚の質感も違い、さわっただけでわかる。成人しても、さほど人間の見た目に近づかなかった自分。

(……そうか)

自分がずっと母に会うことを避けていた、本当の理由がようやくわかった。

村人たちに見つかるのが怖かったわけじゃない。

この姿を母に見せて、失望されるのが怖かったのだ。

思わず深いため息が漏れた。情けなさに力が抜け、ずるずると湯の中に沈んでいく。

「エルン？」

「おれたちは、同じ獣の特性を持った者同士、外見が似ることが多いんだ。血縁以上に似る」

おそらくは顔立ちや身体つきといった個性以上に、獣の特徴が目につくせいだと思う。それは獣人同士の仲間意識や結束力を高めるのに役立ってはいるが……

顔を半分湯に浸したまま、エルンは空を見あげた。マヒロのつくった六角形の屋根から、黒々とした夜空と真っ白な満月がのぞいている。

「おれはもう、自分の容姿の中に、母の要素を見いだせない」

そして母も同じ思いを抱いたら、と思うと。

親子であるという絆すら消そうとしてくるこの肉体が、耐えがたい。

両手で顔を覆ったエルンを、マヒロが抱きしめた。

「お母さんに会って、もしも一緒に旅をするのがつらくなったら、おれを呼んでください」

エルンの耳に唇を落としながら、いつもどおりの調子で話す。

「エルンの代わりに、おれがお母さんをここまで連れてきますから」

そんな、お腹がすいたならなにかつくりましょうか、みたいな声で。普通の人間の足では、向こうに行くだけでエルンの倍はかかる。気楽に代わるなんて言ってくれるな。

だけど、こいつは実際、やるんだろう。

エルンが音を上げたら、駆けつけてきて助けてくれるだろう。

大丈夫ですか、と息を切らして、大まじめに。

ふと気が抜けて、エルンは体重をすっかりマヒロに預けた。マヒロはエルンが沈まないよう、支えるように抱きかかえ、髪やこめかみに口づける。

「おれ、お母さんと仲よくなれますよ、きっと。だから安心してください」

「お前は気休めを言わないな」

「え？」

大丈夫ですよ、とか。全部うまくいきますよ、とか。適当なことを言わない。おっとりして見えるマヒロだが、けっして楽観的な性格ではないことが、そのへんからもわかる。

「言ったほうがいいですか」

「いや、いい」

「じゃあ、これはお願いなんですけど」

マヒロの声の調子が変わった。

「なんだ、急に」

表情を見ようと首をねじるが、身体をきつく抱えこまれてしまっていて、できない。マヒロはエルンをぎゅっと抱きしめると、首筋に顔をうずめた。

「『お前には関係ない』って、もう二度と言わないでください」

しばらく視線をうろつかせ、記憶をたどった。そんなこと、言ったか？

……言ったな。

思い出してすぐ反省し、マヒロの頭に手を回して髪をがしがしと掻いてやる。

「悪かった」

「ちょっと本気でしたよね、あれ。本当に悪いです」

「わかってる。軽率だった」

素直に認めても、マヒロはじっと動かない。これは相当にすねている様子だ。

エルンはため息をついて、ぽんぽんとマヒロの頭を叩いた。

とたん、水が跳ねるほどびくっと身体が揺れた。

マヒロの両手の指が、胸の先端をごく軽くひっかいたからだ。

「お前……！」

「なんですか？」

「人の罪悪感につけこむ気か」

「あんなぞんざいな謝りかたで、なにが罪悪感ですか。絶対思ってないでしょ」

がり、と再び指が動く。唇を噛んだ。がっちり抱きしめられているせいで、逃れようがない。

「っ……！」

マヒロの手が下に伸び、エルンの足の間でゆるく立ちあがっているものをそっとなでた。全身の血が、かっと腰のあたりに集まる。エルンは暴れた。

こんなところでやったら、のぼせて目を回すのがおちだ。ただでさえマヒロのように、熱い風呂に長々浸かる芸当はまねできないのに。

「離せ。おれは出る」

「じゃあ、おれも出ます」

逃げるように浴槽から出て、しずくをまき散らしながら家の裏口を目指す。が、数歩行ったところでエルンはへたりこんだ。

（え？）

立ちあがろうとしても、足に力が入らない。

「エルン？」

マヒロが慌てて追いついてくる。いったいどういうことかと、エルンは目を瞬かせた。そして、はっと気がついた。反射的に鼻を腕でかばう。

「この匂い、なんだ」

「匂い？」

「家の中からする」

這うように、なかばマヒロに担がれるようにして家に転がりこむと、そこはむせるような臭気で満たされていた。息を止めていたにもかかわらず、めまいがして床に突っ伏す。

「えっ、ど、どうしたんですか？」

「どうしたんですかじゃない、なにかやってるだろう、それを捨てろ、外に！　早く！」

マヒロはきょろきょろし、ようやく臭気のもとに気がついたようだ。かまどの火にかけていたやかんを指さし、「このお茶ですか？」とのんきなことを言っている。

「あとで飲もうと思って煮出してたんです。苦手な匂いでした？」

「いいから捨てろ！」

「そんなことしたら、庭の草が枯れちゃいますよ、せめて冷ましてからじゃないと」

「どこで手に入れた」

「アルマスがくれたんです。エルンと楽しんでねって」

くそったれが!!

思いつくかぎりの悪口で罵倒してやりたかったが、身体に力が入らない。立っていられないどころか、四つん這いですら、もはやきつい。くらくらして、まるで部屋中が回転しているみたいだ。

「うっ……」

「エルン！」

がくっと腕を折ったエルンを見て、さすがに心配になったらしい、マヒロが飛んでくる。

「とりあえず火からは下ろしました……エルン？」

エルンは顔を上げられなかった。自分の身になにが起こっているのか、一番よくわかっているのは自分だ。震える息を吐き、火がついたようになっている全身を、どうにかやりすごす。

だがマヒロもいい加減、事態を理解したようだった。

顔を見ようとしてか、こわごわ手を伸ばし、エルンの長い前髪を持ちあげる。それだけで、エルンの背筋を強烈な快感が突き抜けた。

「う……」

「エルン、あの、このお茶って……？」

「カタリアだ」

「なんですか？」

「猫を酔わせる薬草だ。条件が合えば媚薬にもなる！　そのくらい知っておけ、馬鹿！」

アルマスなんかの思惑にあっさりはまりやがって！

悔しくて拳で床を殴ったが、その衝撃すら甘い刺激となって伝わるのだから、始末に負えない。

全身の神経が、暴力的なまでに過敏になっているのだ。エルンは息を喘がせた。

マヒロは床にひざをつき、ぽかんとしている。

「……身体に悪いものじゃないんですよね？」

声も出せず、エルンはうなずいた。時間がたてば効力は消えるし、直接食べたところで害もない。

体力のない老人や子どもは別だが。

とにかく早くその茶を捨ててくれ。

懇願するような気持ちだったが、マヒロはいっこうに動こうとしない。

「なるほど」

やがて冷静な声でそう言うと、おもむろにエルンの髪に指を差し入れ、うしろに梳いた。

脳天が焼けるような感覚だった。

全身をこわばらせ、エルンは息もできずに、ぎゅっと目を閉じる。

「こういうことかあ」

マヒロはひとりで納得し、何度も同じ仕草をくり返す。そのたびにエルンは雷に打たれたように反応する。風呂の湯で湿っていた肌は、いまや汗でずぶ濡れになっていた。

「うわ、だいぶ敏感ですね」

「や、め、ろ……」

「いやですよ、せっかく楽しむように言われたんだから」

マヒロは両手でエルンの顔を包み込むと、真正面から口づけた。何度か柔らかく食むと、舌先でエルンの唇を舐める。エルンの意思などおかまいなしに、全身がとろけ、唇が勝手にほどけて、マヒロの舌を受け入れた。

もう身体はぐにゃぐにゃで、座っていることもできない。床の上に伸びたエルンに、マヒロはやけにうれしそうに、覆いかぶさって好き放題、唇を貪っている。

そもそも双方、最初から素っ裸だ。これ以上取り払うものもなく、エルンは指先ひとつ自由にならない。最後まで残っていた、アルマスの思いどおりになってたまるものかという抵抗心も、マヒロに優しく身体をなでられているうちに、どこかへ消えた。

「はっ……」

エルンの脚を割り広げ、マヒロが顔をうずめる。舌が何度か行き来しただけでエルンは悶絶し、あえなく達した。それでも萎えることはなく、張り詰めてひくついている。

仰向けに転がったエルンは、腹を激しく上下させ、声にならない喘ぎを漏らした。

マヒロはさらに奥へと唇を這わせ、エルンのうしろへたどり着く。

「あっ、あ……」

熱い舌が、ぬるりとそこを舐めあげる感覚に、エルンは上ずった声をあげた。身体に力が入らなすぎて、こぼれる声も細く、力ない。自分で聞いていて苛立つほどだ。

やがて、持ちあげられた脚が自重に負けて、ぐらりと落ちる。マヒロはその動きを利用して、エルンを横向きにし、さらにうつぶせにした。

（あっ……！）

しまった、と臍《ほぞ》を噛むが、もうどうにもならない。

マヒロがほくそ笑んでいるのが、目に見えるようだ。これはエルンが嫌う体勢なのだった。

「少し腰を上げてください、そう」

エルンの腹の下に手を入れ、軽々と思いどおりの姿勢を取らせる。そして無防備になったエルンのうしろを、再び唇と舌で思うさま貪りはじめた。

「は、っあぁ……っ」

舌が入ってくる。朦朧として、考えもまとまらない状態なのに、そういうことだけは明敏に身体が教えてくる。ぬるぬると出入りする舌、周囲をねぶる唇、愛しそうに肌をなでる手。

やがて、指が探るように入り口をくすぐると、するりと差しこまれた。

普段なら、もういいと言いたくなるほど丹念にほぐそうとする指が、何度かくるくると中の様子を確かめただけで動かなくなる。

「とろとろを通り越して、どろどろだ。カタリアってすごいですね？」

心から感心したような声を出すところが、いかにもマヒロらしい。

差し入れられた指から、まるでなにかを搾り取ろうとでもするように、自分の中が収縮をくり返しているのがわかる。その感触をマヒロが楽しんでいるのも。

息をするだけで快楽に震える。いったいどれだけ濃く煎じたんだ、あのクソ藩主。

指が引き抜かれたと思うと、息をつく間もなくマヒロが押し入ってきた。一気に奥まで貫き、それでも足りないというように、ぐっともうひと突き押しこむ。

「あっ、あ……！」

危うく、これだけで達しそうになった。いや実際、達したのかもしれない。恐ろしいほどの快感が全身を突き抜け、もうよくわからない。

床についたマヒロの腕が、顔のすぐ近くにある。揺さぶられながら、その腕にも汗が浮いているのを見つけて、エルンはほんの少し溜飲を下げた。

マヒロが大きく息を吐き、ぴったりと身体をくっつけてきた。体重をかけられて、全身が密着する。マヒロの鼓動が伝わってくる。

重い。

頭ではそう文句をこぼしながらも、エルンは快楽とはまた違う、ふわふわした気持ちよさを味わっていた。マヒロの体温と律動する筋肉を全身で感じ、荒い息を耳元で聞く。

（だから、こういう……）

こういうのを、欲しがったわけじゃ、ないのに。

こっちの気持ちなどおかまいなしに与えようとする、図々しいマヒロ。

マヒロの熱い手が、エルンの手を探しているのを感じた。エルンは最後の気力を振り絞って、ここだと知らせるように手を動かそうと試みる。ぴくりとわずかに指が持ちあがっただけだったが、マヒロはすぐに気づき、手を重ねるようにして握った。

その温かさは身体中を貫くように駆けめぐり、エルンはひときわ激しく喘いだ。マヒロの重みに阻まれながらも、身体がびくつく。そのたびに涙がにじんでくる。

もう無理だ。

これ以上続けたら、おかしくなる。

頭の中の冷静な一部分はそう悲鳴をあげているのに、心のどこかに、もっとと叫ぶ自分もいる。

マヒロが小さく呻きながら、エルンのうなじに噛むような口づけをした。

ぞくりと甘い痛み。

それを感じたのを最後に、エルンの意識はゆっくりと、はじけ飛ぶように消えた。


春が終わり、夏が来た。

近衛隊員たちの訓練期間は終わり、エルンは無事に訓練長の任を解かれることになった。

「本来ならば、きみは第二師団長の座に就く予定だったらしい」

最後の訓練を終えたエルンを、シーヴラハックが待ちかまえていた。事務棟に向かう道すがら、そんな話を聞く。

「そうか。休みを取ったかいがある」

「師団長だぞ、近衛隊長に次ぐ立場だ。惜しくはないのか？」

「第一師団長どのに言うことじゃないかもしれないが、ないな」

シーヴラハックは苦笑した。彼は剣の腕と人柄、そして上流の人脈や作法に通じていることを買われ、新藩主に重用されている。

「おれはマヒロにも、隊に入ってほしかったんだが」

「本人が向いていないと言うんだから、しかたない」

「隊が始動しても、おれは彼に稽古をつけるのはやめないつもりだ。それは了承してくれるか？」

今度はエルンが苦笑する番だった。

「おれはもう、あいつの上長じゃない」

「かといって、きみの頭越しにものごとを進めるのも、どこか違う気がするじゃないか」

これが育ちのよさなんだろう、とエルンは感じた。

マヒロが意外と、シーヴラハックと相性がいいのをエルンは知っている。仕組みのある世界で育ち、仕組みのもたらす効能を肌で感じてきた者たちだ。

「おれのいない間、マヒロを頼む」

「任せてくれ」

シーヴラハックの執務室のある建物に入った。まぶしいほどの日射しの下から急に日陰に入ったことで、一瞬なにも見えなくなる。

目をぱちぱちさせているエルンに、シーヴラハックが気遣わしげに声をかけた。

「教室のご婦人がたからも、マヒロを守ると約束する。安心してくれ」

これにはたまらず吹き出した。

「おれはなにを不安視していることになってるんだ？」

「そう言ってやるな。マヒロはまっすぐな男だぞ」

生まじめに眉根を寄せて、そう説いてくる。エルンは毒気を抜かれ、うなずいた。

「わかった、任せる」

「旅のご無事をお祈りしております、エルン訓練長」

シーヴラハックはさっと敬礼すると、執務室に入っていく。

鈍いんだか鋭いんだかわからない男だな。

エルンは首をひねりながら、日報を提出するために事務所を目指した。


「大荷物ですね」

エルンの旅支度を見て、マヒロが目を丸くした。

たしかにそうだ。

「まあ、しかたない」

「新鮮です、エルンはいつも身軽だから」

いよいよ出発の日だった。

もともと物の少ない部屋だったが、空けている間に汚れが溜まらないよう片づけ、あとはマヒロに委ねることにした。たまに来て風を入れてくれるらしい。

行きは安全な道ばかり選ぶわけでもないので、久しぶりのクローを装着する。近衛隊の訓練で使うには『野蛮すぎる』とのお達しを書記官から受けていたため、しばらく封印していた。

「訓練服は持ちましたか？」

「不本意ながらな」

なにかの役に立つだろうからと、荷物に入れるようマヒロが言ったのだ。実際エルンも、制服の効能を身をもって知っていた。母の旅支度をそろえているころ、訓練後に着替える時間が取れないまま、閉店間際の道具屋に駆けこんだことがあった。すると、いつもエルンに横柄な態度をとっていた店員が、生まれ変わったようにへいこらしはじめたのだ。

胸糞の悪い話だが、現実に抗ってもしかたない。

母を守るためなら、制服だって使うと決めた。

「そろそろ出る」

「途中まで送ります」

外はまだ、日が昇りきらない早朝だ。景色は靄がかかったように蒼ざめ、まどろんでいる。

並んで城門までやってくると、マヒロは足を止めた。

「どこまでもついていっちゃいそうなんで、おれはここまでで」

「行ってくる」

「気をつけて」

目を合わせていると、不思議と立ち去りがたさを覚える。考えてみたら、マヒロとイソで再会して以来、一日と離れたことはなかったのだ。

「……呼んでくれたら、ほんとに行きますからね」

「そんなことにならないよう、祈っててくれ」

エルンの軽口を受け止めかねたように、マヒロの視線が揺れる。エタナ・クランの入団試験を受けに来た彼を、はじめて見たときのことを思い出した。あのころのマヒロは、いつもこういう、心もとなげな顔をしていた。

街道に足を向け、歩きだす。

振り向かずとも、マヒロがじっと見送っているのを感じた。やがて川に沿って街道が大きく曲がり、城門が見えなくなる直前、エルンは肩越しに振り返った。

予想どおり、マヒロは変わらず佇んでいる。

小さく手を振った。

はっと手を振り返したマヒロが、少し安心したように見えたことで、エルンもほっとした。

順調な道中だった。

そのため、心構えができるより先に、エルンは母の家を見おろす尾根の上にたどり着いてしまった。その遙か先には、ふたりを追い出した小さな集落が見えている。

ちょうど朝日が大地を温めはじめる時間だった。今から降りていけば、日の高いうちに母を連れ出せる。もう少しためらっていたいなら、この山の中で一泊するほうがいい。

エルンはあれこれ考える前に足を踏み出した。考えはじめたが最後、進めなくなりそうな気がしたからだ。

山は家の裏手に続いている。小さな畑に降り立ったエルンは、その一角が手入れされていることに気がついた。

そっと表に回る。自分でも意識せず、足音を殺していた。

広い前庭に、たらいの前に屈み込んで洗濯している女性がいる。細い、小柄な女性だ。

エルンはなにをしに来たのかも忘れ、ほっそりした白い手が、迷いなく動いて作業をするのを見つめた。慣れた手つきに、見覚えがある。子どものころ、いつもそばにあった手。

ふと女性が手を止め、こちらを見た。

エルンの姿を認めると、思わずといった様子で腰を浮かす。その顔に浮かんだ驚愕の表情に、エルンは一瞬、逃げだしそうになった。だが女性は、ほころぶように笑った。

「エルンね？」

明るい声でそう言い、大きく両手を広げる。

記憶より儚く、枯れた姿。

だが、まぎれもなく母だった。

エルンは荷物を投げ捨てて駆け寄った。飛びこもうとした先の両手はエルンよりずっと小さく、エルンのほうが母を抱きしめる形になる。彼女も負けじと、息子の身体を抱きしめ返した。

「こら、しゃんとしなさいよ」

叱りつけるように、笑いながら言う。

「ちゃんと食べてるの？」

その声を聞いたとき、なにかがあふれて。

すがりつくように母を抱きしめるエルンの目から、涙がこぼれた。

この洗濯物は、永遠に取りこまれないままなのねえ。

サーラはおかしそうにそう言うと、身の回りのものを手早くまとめ、長年住んだ家をあとにした。

驚くほどあっさりした出立だった。

「気になるなら、持っていくけど」

「いいのよ、不思議だなあって思っただけ」

少なくとも十日はかかるだろうと覚悟していたイソへの帰り道は、その三倍を費やした。

サーラの体力が戻りきっておらず、距離を稼げなかったせいもあるが、それ以上に、ふたりは旅を楽しんだのだ。気の向くままに寄り道をし、あるときは同じ場所に滞在したりもした。

地方ではまだ、エルンを見る目は厳しい。サーラがその視線を浴びないよう、日中は人目につかない野山を歩き、夜は町に下りてサーラの宿だけ取ろうと思っていた。

だが彼女は、エルンと一緒に野宿したいと言った。

「ずっとこもりっきりだったのよ、もう布団は見たくもない」

そう言われてしまうと押しつけるわけにもいかず、夏なのをさいわい、露よけの天幕だけを木の枝に引っ掛けて、その下で眠った。

イソの街並みが見えてきたころには、短い夏が終わり、秋にさしかかっていた。

しばらくぶりの都会の空気を楽しみながら、エルンは街道を歩いた。サーラは目にするものすべてが珍しいらしく、きょろきょろしている。

「エルンはお城に戻るんでしょう？　わたしは宿を取るわ。もうひとりでも平気よ」

「その前に、寄りたいところがあるんだ」

今日のこの時間なら、おそらくいるはず。

エルンは母をつれ、街の中心部を通り抜け、さらに少し進んだ。

店は相変わらず盛況なようで、近づく前からにぎやかな話し声が風に乗って届いてくる。その中に、慣れ親しんだ声があることを聞き取ると、エルンの口元は無意識にほころんだ。

戸口に立つと、中にいた人影がすぐにやってきた。

「いらっしゃいませ、二名さま……」

マヒロは目を真ん丸にして、エルンと、その隣のサーラを交互に見る。

無事を知らせる手紙を一度は送ったはずだが、それきりだった。エルンは少しうしろめたいような、申し訳ないような気持ちも抱えながら、マヒロがなにか言うのを待つ。

やがてマヒロは、気の抜けた声を出した。

「なあんだ……」

どうしたというのか、泣きそうに眉尻を下げて、そのくせ顔は笑っている。なあんだ、とマヒロはくり返し、くしゃっと顔をしかめると、おかしそうに言った。

「エルン、お母さんにそっくりじゃないですか」


——なぜこのふたりがここにいる？

再び訓練長の任務に戻ったエルンは、不在の間に入隊希望してきたという顔ぶれを見て、困惑した。テッポとユーリャナは制服に身を包み、しれっと訓練にまざっている。

休憩時間になるとすぐ、ふたりを物陰に引っ張っていった。

「なにをやってる、ふたりとも」

「おーっす、お帰り。長旅お疲れさん」

「今度お母さまに紹介してね。イソの郊外で薬屋を開く準備中なんでしょう？　ぼくもなにか手伝えると思うんだ」

「なぜここにいるのか聞いてる」

秋に入ったとはいえ、まだ夏の名残で蒸し暑い。テッポは袖で汗を拭き拭き答える。

「新しい藩主さまのおかげで、法律が整備されつつあるだろ」

「今、藩の中が全体的に落ち着いてきてるんだよ。無駄な争いがなくなって」

「このままいけば、オレらはおまんまの食いあげだ。そうなる前に転職しようと思ったわけ」

そんなに変化しているのか。

傭兵の世界に身を置いていないせいで、エルンは感じ取れなかった。だが、このふたりが言うのなら、潮流はかならずその方向に行き着くだろう。

「ライノたちはどうしてる？」

「あ、もうこっちに誘っといた。やっぱ傭兵団の運営は、そう甘くなかったみたいだぜ」

「合流するのが楽しみだね」

エルンは天を仰いだ。

このぶんだと、ほかの元団員たちも、職にあぶれてやってくる可能性が大だ。

かつて自分の手でつくりあげ、愛し、そして終わらせたエタナ・クラン。それなりに覚悟を決めて決別したつもりでいたのに。

足音が聞こえ、マヒロが姿を見せた。

「あ、やっぱりここにいた」

「マヒロ、なぜこのふたりのことをだまってた」

「そうするように言われたので」

なるほど？

長い旅の最中、連絡する手段もなかなかなく、さぞ気を揉んでいるだろうと心苦しく思っていたとき、当のマヒロはこのふたりと、エルンを驚かせる算段をつけていたわけだ。

「エルンに相談したいことがあるんですけど、今いいですか？」

「……なんだ」

「おれの生徒さんが、屋敷に来て稽古をつけてくれないかって言うんです。そうしたら使用人とかその家族とか、大人数に一気に教えられますから」

「ほう」

短い相づちに込めた皮肉は、残念ながら伝わらなかったらしい。マヒロは意気揚々と続ける。

「おれ、その手もありだなと思って。ゆくゆくは今の半端な立場を卒業しないといけないし、おれにできることっていったら、このくらいだし。どう思います？」

どう思うかって？

冷ややかな気持ちで、どう答えるべきか思案した。

マヒロの将来を考えたら、たしかにひとつの生活の術ではあるだろう。ただしその『生徒』とやらの目的が純粋なら、だが。そして本当に純粋な目的の持ち主なら、教室の講師を独占しようなどとは考えないはずだ。

いっそきわどい事態にでも巻きこまれて、その『生徒』の主人にばれて刺されてこい、とも思うが、一度本当に刺されているマヒロだけに、めったな呪いもかけられない。

「まずはアルマスに相談しろ」

「あっ、そうですよね。アルマスが用意してくれた仕事ですもんね」

マヒロはぱっと晴れやかな顔になり、「今行ってきちゃいます」と駆けていく。

そのうしろ姿を、苦々しい思いで見送った。アルマスのマヒロへの執心を、これほどありがたいと思ったことはない。うまく言いくるめて、安全なほうに導いてくれるだろう。

「なあっ、この隊服、暑くねー？　窮屈だしさあ」

「なんだか新しい経験だよね、一列に並んで訓練を受けること自体」

いつの間にか、井戸で水をかぶってきたらしいテッポとユーリャナが、びしょ濡れになって戻ってきた。テッポが頭を振ると、しぶきがここまで飛んでくる。

「同感だが、我慢しろ」

しずくを払いながら言うと、テッポが口を尖らせた。

「エルンがそう言うなら、するけどさ。なんかいいことあんの？」

「あるかどうかを知るために、我慢するんだ。お前にとってだけじゃなく、全体にとって」

ユーリャナが、まぶしいものでも見るように目をすがめ、微笑む。

「ますますかっこよくなったね、エルン」

「休憩が終わるぞ、駆け足！」

「へーいっ」

頭上を見れば、抜けるような青空と、点々と浮かぶ白い雲。

乾いた風に乗って、鐘の音が響いた。

この作品に対する皆様のご意見・ご感想をお待ちしております。

おハガキ・お手紙は以下の宛先にお送りください。

【宛先】

〒150-6008 東京都渋谷区恵比寿4-20-3 恵比寿ｶﾞｰﾃﾞﾝﾌﾟﾚｲｽﾀﾜｰ 8F
（株）アルファポリス　書籍感想係

メールフォームでのご意見・ご感想は右のＱＲコードから、
あるいは以下のワードで検索をかけてください。

アルファポリス　書籍の感想　検索

ご感想はこちらから

異世界《いせかい》で傭兵《ようへい》になった俺《おれ》ですが

一戸ミヅ（いちのへ みづ）

2023年9月20日初版発行

編集－馬場彩加・境田 陽・森 順子
編集長－倉持真理
発行者－梶本雄介
発行所－株式会社アルファポリス
〒150-6008 東京都渋谷区恵比寿4-20-3 恵比寿ｶﾞｰﾃﾞﾝﾌﾟﾚｲｽﾀﾜｰ8F
TEL 03-6277-1601（営業）　03-6277-1602（編集）
URL https://www.alphapolis.co.jp/
発売元－株式会社星雲社（共同出版社・流通責任出版社）
〒112-0005 東京都文京区水道1-3-30
TEL 03-3868-3275
装丁・本文イラスト－槻木あめ
装丁デザイン－しおざわりな(ムシカゴグラフィクス)
（レーベルフォーマットデザイン―円と球）
印刷－中央精版印刷株式会社

価格はカバーに表示されてあります。

落丁乱丁の場合はアルファポリスまでご連絡ください。

送料は小社負担でお取り替えします。


ISBN978-4-434-32618-9 C0093